标准诗丛

酒中的窗户

李亚伟集

1984~2015

作家出版社

酒中的窗户

李亚伟集

1984~2015

李亚伟

1963年出生于重庆市酉阳县。"第三代"诗歌运动最有影响的诗人之一，中国后现代诗歌的重要代表诗人。

做过中学教师，从事过图书出版发行、文化品牌策划等工作。创作过《男人的诗》《醉酒的诗》《好色的诗》《空虚的诗》《航海志》《野马与尘埃》《红色岁月》《寂寞的诗》《河西走廊抒情》等长诗和组诗，出版有诗集《莽汉-撒娇》（时代文艺）、《豪猪的诗篇》（花城）、《红色岁月》（台湾秀威）。

获第四届《作家》奖、第四届华语文学传媒大奖·年度诗人奖、第二届明天诗歌奖、第二届天问诗歌奖、第一届鲁迅文化奖、第一届屈原诗歌金奖等。

目录

壹　莽汉的诗　1984—1986

贰　孤独的诗　1985—1986

叁　棋局　1985

拾贰　东北短歌　2002

壹　莽汉的诗　1984—1986

进行曲

走过大街小巷

走过左邻右舍穷亲戚坏朋友们中间

告诉这些嘻嘻哈哈的阴影

我要去北边

走过车站走过广场走过国境线

告诉这些东摇西晃的玩意儿

我要去北边

走过人民北路师范学院

走过领导的面前

把脚丫举过头顶高傲地

走过同学们身边

告诉这些尖声怪气的画面

我要去北边

我要去看看长城现在怎么啦

我要去看看蒙古人现在怎么啦

去看看鲜卑人契丹人现在怎么啦

我要到很远很远的地方

去看看我本人

今儿个到底是什么玩意儿

读大学

这么多学生

这么多小狗小猫小孔夫子

这么多小孔夫子小老子小儿子小狗杂种

背着这么多的书包写作课和爸爸的血汗钱

他们都要读书都要做人

都要做绅士和体面的女婿

他们读古文读菜票读情书

读石头读女老师和鲁迅的破长衫

读笔记写心得读师范学院

这么多的学生穿着大裤裆和喇叭裤

穿着满街的眼光和烂拖鞋

穿着军大衣穿着小酒馆

这些小阿Q和超生子女

通通是些乖学生活雷锋霍元甲①

这么多小狗小猫小拳头小螺丝钉

小淘气和大混蛋，小鬼和老鬼

我不知道他们是什么东西

但我相信他们一定是什么东西

---

① 学校不断要求学生学习雷锋，同时刚出现的电视正热播爱国武侠电视剧《霍元甲》。

毕业分配

所有的东西都在夏天
被毕业分配了
哥们儿都把女朋友留在低年级
留在宽大的教室里读死书，读她们自个儿的死信

但是我会主动和你联系，会在信中
向你谈及我的新生活、新环境及有趣的邻居
会准时向你报告我的毛病已有所好转的喜讯
逢年过节
我还会给你寄上一颗狗牙齿做的假钻石
寄出山羊皮、涪陵榨菜或什么别的土特产

如果你想起了我
就在上古汉语课的时候写封痛苦的情书
但鉴于我不爱回信的习惯
你就干脆抽空把你自己寄来
我会把你当一个凯旋的将军来迎接
我会请摄影记者来车站追拍我们历史性的会晤
我绝对不会躲着不见你
不会借故值班溜之大吉
不会向上级要求去很远的下属单位出差什么的
我要把你紧紧搂在怀里

粗声大气地痛哭，掉下大滴的眼泪在你脸上
直到你呼吸发生困难
我会逢人就大声宣布：
"瞧，我的未婚妻！这是我的老婆呢！"

你不要看到我的衣着打扮就大为吃惊
不要过久地打量我粗黑的面容和身上的狐皮背心
要尊重我帽子上的野鸡毛
不要看到我就去联想生物实验楼上的那些标本
不要闻不惯我身上的荷尔蒙味
至少不要表露出来使我大为伤感

走进我的毡房
不要撇嘴，不要捂着你那翘鼻子
不要扯下壁上的貂皮换上世界名画什么的
如果你质问我为什么不回信
我会骄傲地回答：写字那玩意
此地一点也不时兴！

你不必为我的处境搞些喟然长叹、潸然泪下之类的仪式
见了骑毛驴的酋长、族长或别的什么蛮夷
更不能怒气冲冲上前质问
不要认为是他们在迫害我
把我变成了猩猩、豪猪或其他野生动物
他们是最正直的人
是我的好兄弟！

如果你感兴趣

我会教你骑马、摔跤，教你在绝壁上攀岩

教你如何把猎枪刺在树上射击

教你喝生水吃生肉

再教你跳摆手舞或唱哈达什么的

你和我结婚

我会高兴得死去活来

我们会迅速生下一大打小狗子、小柱子

这些威武的小家伙、小蛮夷

一下地就能穿上马靴和貂皮裤衩

成天骑着马东游西荡

他们的足迹会遍布塞外遍布世界各地

待最后一个小混蛋长大成人

我就亲自挂帅远征

并封你为压寨夫人

我们将骑着膘肥体壮的害群之马

去很远很远的地方戍边

给女朋友的一封信

若干年后你要找到全世界最破的
一家酒馆才能找到我
有史以来最黑的一个夜晚你要用脚踹
才能发现我
不要用手摸，因为我不能伸出手来
我的手在知识界已经弄断了
我会向你递出细微的呻吟

现在我正走在去诺贝尔领奖台的半路上
或者我根本不去任何领奖台
我到底去哪儿你管不着
我自己也管不着
我现在只是很累，越累就越想你
可我不知你在哪儿，你叫什么名字

你最好没有名字
别人才不会把你叫去
我也不会叫你，叫人的名字没意思
在心中想想倒还可以

我倒下当然不可能倒在你身边
我不想让你瞧不起我

我要在很远的地方倒下才做出生了大病的样子

我漫无目的的流浪其实有一个目的——
我想用几条路来拥抱你
这比读一首情诗自然
比结婚轻松得多

别现在就出来找我
你会迷路走到其他男人家中
世界上的男人有些地方很像我
他们可以冒充我甚至可以做出比我更像我的样子
这很容易使心地善良的女孩上当

你完全可以等几年再来找我
你别着急，尽量别摔坏身子
别把脚碰流血了，这东西对活着的人很有用处
我会等你
地球也会停下来等你

好姑娘

你是一个好姑娘
很多小伙子遇见你之后都很有出息
没出息的也全成了地下诗人
油印了很多怀念你的好诗
而我这辈子恐怕来不及为你设计几个韵脚

我能抽出时间爱你
已经不简单，你想想
我有那么多的觉没睡
那么多的仇人没干掉，我有时想
因为你，就让他们留着吧
也让他们多几天时间去爱另外的姑娘

我没工夫去爱另外的姑娘，只是偶尔右手写诗时
伸出左手去摸她们的头跟她们玩一下
这是我的体育运动
我现在身体很糟思维开始迟钝
恐怕对付不了某些仇人
理解了这点你会点头的

我什么时候抽空来跟你结婚
这事目前定不下来，这辈子恐怕也定不下来

暂时嫁人吧想想你妈妈和你爸爸他俩怎么样
你妈妈当初一定也是一个好姑娘

一个真正的好姑娘当然可以去跟别人生孩子
小孩子挺让人喜欢，不管什么样男人的后代
他们长大后想必不会与我为仇，哪怕我死去了
他们也肯定不会说我半句以上的坏话
你的那些朋友肯定也是好姑娘，别让她们
把你结婚的坏消息透露给我

有时一片纷飞的树叶就能欺骗我
而我自己内心的想法更能欺骗我，使我
在绵绵长恨的微小间隙也抬起头来
感到幸福

十八岁

十八岁这一天
我像一匹瘦狗出现在街头
我知道而今
我的骨头已挺硬挺硬了
我想看看世界

一些不知什么鸡巴人
用猛烈的拳头揍我
一边说真他妈顶用
朋友们也这么说
然后便用烈酒灌我

十八岁这一天
我东倒西歪地走了很长的路
从这一天起
路永远是东倒西歪的了

但那时我知道地球是圆的
只要不溜着就行

这样的路只配用来闲逛
为此我特意找了一个女朋友

在街头巷尾我对她不停地哼哼

把她朝树荫下逼去

去厕所的路上，我狠狠地跌了一跤

这地球真他妈滑得要命

我就地哇哇呕吐起来

晚上，一只说普通话的狗

在办公桌上不停咬我

要我深刻地什么什么

朋友们来了

还有刚找到的女朋友

真没想到是他妈一只四眼狗

她为此挺快活扶我去冷饮厅

做出挺有钱的样子

我那时没钱

这辈子也不会有几文

我算过了爷爷和父亲的开支

我这辈子大概有五角吧

生日那天我花掉了一角八

硬汉们

我们仍在看着太阳
我们仍在看着月亮
兴奋于这对冒号！
我们仍在痛打白天袭击黑夜
我们这些不安的瓶装烧酒
这群狂奔的高脚杯！
我们本来就是
腰间挂着诗篇的豪猪！

我们曾九死一生地
走出了大江东去西江月
走出中文系，用头
用牙齿走进了生活的天井，用头
用气功撞开了爱情的大门

我们曾用屈原用骈文、散文
用玫瑰、十四行诗向女人劈头盖脸扔去
用不明飞行物向她们进攻
朝她们头上砸下一两个校长、教授
砸下威胁砸下山盟海誓
强迫她们掏出藏得死死的爱情

我们终于骄傲地自动退学

把爸爸妈妈朝该死的课本上砸去

用悲愤消灭悲愤

用厮混超脱厮混

在白天骄傲地做人之后

便走进电影院

让银幕反过来看我们

在生活中是什么角色是什么角色

我们都是教师

我们可能把语文教成数学

我们都是猎人

而被狼围猎

我们会朝自己开枪

成为一条悲壮的狼

我们都是男人

我们知道生活不过就是绿棋和红棋的冲杀

生活就是太阳和月亮

就是黑人、白人和黄种人

就是矛和盾

就是女人和男人

历史就是一块抹桌布

要擦掉棋盘上的输赢

历史就是花猫和白猫①

到了晚上都是黑猫

---

① 邓小平有关于改革开放的"白猫黑猫，抓住老鼠就是好猫"理论。

爱情就是骗局是麻烦是陷阱

我们知道我们比书本聪明，可我们
是那么的容易
被我们自己的名字亵渎、被女人遗忘在梦中
我们仅仅是生活的雇佣兵
是爱情的贫农①
我们常常成为自己的情敌
我们不可靠不深沉
我们危险
我们黑质而白章，触草木尽死②
我们是不明飞行物
是一封来历不明的情书
一首自己写的打油诗

我们每时每刻都把自己
想象成漂亮女人的丈夫
自认为是她们的初恋情人
是自己所在单位的领导
我们尤其相信自己就是最大的诗人
相信女朋友是被飞碟抓去的
而不是别的原因离开了我
相信原子弹掉在头上可能打起一个大包
事情就是如此
让我们走吧，伙计们！

———————————
① 作者大学时代填写表格还有家庭出身成分一栏。
② 见柳宗元《捕蛇者说》。

我是中国

可是，我也许什么也不是
我的历史是一些美丽的流浪岁月
我活着，是为了忘掉我
我也许将成为一个真正的什么
或不成为真正的什么
我活着，只能算是另一个我
糙烟浓茶烈酒丑女朋友
我成为一个向前冲去又被打回来的斗士
我也许是另外的我、很多的我、半个我
我是未来的历史，车站另一头的路
我是很多的诗人和臭诗人
物质谜语里的流浪汉
被狗和贫穷不断扯破裤裆
我是文学青年
我是假冒的大尾巴驴
我有无数万恶的嘴脸
我绝不是被编辑用钳子夹出来的臭诗人
我是我最熟悉的朋友，是万夏是胡玉
是赊账的秦伯母以及把我扔得老远的女朋友
我是中国的现在、过去和今后
我是死者、活人和半死不活的领导
这块土地上的很多我、女性我、半个我

都很好玩很好玩
我不一定是他们
但他们都是我
而我又是中国

二十岁

今天，我坐着地球
这辆无轨电车
这具儿童棺材这张女生唱片
大摇大摆穿过生命的贫民巷和宇宙的闹市

我来了
和大蜥蜴翼手龙一起来了
和春秋战国
和古代的伟人跑步而来

世界，女人，21岁或者
老大哥老大姐等其他什么老玩意
我举着旗帜，发一声呐喊
飞舞着铜锤举着百多斤情诗冲来了
我的后面是调皮的读者、打铁匠和大脚农妇
我们穿着诗集、穿着油画
我们穿着虎皮背心扛着巨大的恐龙蛋
我们做着广播体操来了

我站在你们面前像不像一个一公尺大的官
像不像一个脚踏实地、任劳任怨的骗子
像不像一头深沉的大象

你们看我像不像对手、像不像玩命徒

我现在天天进行书面爱情
不停地感冒、经痛、纬痛
天天喝酒，找好菜下酒找漂亮女朋友下酒
把不喜欢的女孩剩在其他男生面前以显阔气
我险些被社会、女人全歼、包围、打垮和收编

今天，我决定了
和20岁一起决定了，和我的钢笔投票
一致决定了好死不如赖着活
明天就去当和尚剃光头反射秋波和招安
我要走进深山老林走进古代找祖先
要生长尾巴，发生返祖现象
要理解妈妈的生活
要不深沉，不识时务
要酒醉心明白
要疯子口里吐真言

女船长

我的女船长
你把船头扳得老高，开得太远
沉重的生命已停在后面
调整和修理的工作属于其他人了

他们正在修修补补
只有你是属于我的，我要抱你

越过大海
船就开进了最后一滴水中
船长，把住舵！音乐升得太高
我已看不见前面的岛屿

打架歌

再不揍这小子
我就可能朝自己下手
我本不嗜血
可我身上的血想出去
想瞧瞧其他血是怎么回事

这是很好的交流
我揍小子的眉心
我不想看他那副生活
还过得去的样子
其实我生活也过得去
可我的拳头太粗糙
骨节太大，这会儿
很过不去

他揍我下巴
恶狠狠地说他妈的
当下我就明白了我妈是怎么回事
他一身上下暴露给我
我不高兴
我只想揍他的鼻子
想让他今后再没那玩意

这小子倒下得太快
我踢他卵蛋
什么动静也没有
我擦掉脸上的血
我不知道国家和
国家打起架来带不带劲
反正打完之后
我还是挺和气挺和气

萨克斯

那些被止住的空气充满了海腥味儿
鱼和轮船都沉不下去！

我看见了爱人在远处那张丢不尽的脸，萨克斯！
沿着发亮的栏杆弯曲到眉毛
我被旁人眺望，我永远只被社会发现一半！
我的耳朵里有贝壳的走廊，萨克斯！
从那小小的通道里
我正被送到新疆去劳改 ①

我是一个从天上掉下来的语言打手
汉字是我自杀的高级旅馆
在语法的大道上，每当白云们游过了家乡的屋顶
我便坐在一只猫头鹰的眼中过夜！
萨克斯，我要披着长发从船上下来唱着情歌告诉你们
一次成功的爱情毁掉了一个诗人
一次失败的航行却成全了一个杂种！
尽管我曾多么的浪漫，走遍了天涯……

---

① 劳改，劳动改造的简称，指服刑。

中文系

中文系是一条撒满钓饵的大河
浅滩边，一个教授和一群讲师正在撒网
网住的鱼儿
上岸就当助教，然后
当屈原的秘书，当李白的随从
当儿童们的故事大王，然后，再去撒网

有时，一个树桩船的老太婆
来到河埠头——鲁迅的洗手处
搅起些早已沉滞的肥皂泡
让孩子们吃下。一个老头
在讲桌上爆炒野草的时候
放些失效的味精
这些要吃透《野草》的人
把鲁迅存进银行，吃他的利息

在河的上游，孔子仍在垂钓
一些教授用成缯的胡须当钓线
以孔子的名义放排钩钓无数的人
当钟声敲响教室的阶梯
阶梯和窗格荡起夕阳的水波
一尾戴眼镜的小鱼还在独自咬钩

当一个大诗人率领一伙小诗人在古代写诗

写王维写过的那些石头

一些蠢鲫鱼或一条傻白鲢

就可能在期末渔汛的尾声

挨一记考试的耳光飞跌出门外

老师说过要做伟人

就得吃伟人的剩饭背诵伟人的咳嗽

亚伟想做伟人

想和古代的伟人一起干

他每天咳着各种各样的声音从图书馆

回到寝室

一年级的学生，那些

小金鱼小鲫鱼还不太到图书馆

及茶馆酒楼去吃细菌，常停泊在教室或

老乡的身边，有时在黑桃Q的桌下①

快活地穿梭

诗人胡玉是个老油子

就是溜冰不太在行，于是

常常踏着自己的长发溜进

女生密集的场所用鳃

---

① 当时流行的一种叫做"拱猪"的扑克牌游戏，黑桃Q是倒霉的一张牌。

唱一首关于晚风吹了澎湖湾的歌 ①

更多的时间是和亚伟

在酒馆的石缝里吐各种气泡

二十四岁的敖歌已经

二十四年都没写诗了

可他本身就是一首诗

常在五公尺外爱一个姑娘

节假日发半价电报

由于没记住韩愈是中国人还是苏联人 ②

敖歌悲壮地降下了一年级，他想外逃

但他害怕爬上香港的海滩会立即

被警察抓去考古汉语

万夏每天起床后的问题是

继续吃饭还是永远不再吃了

和女朋友卖完旧衣服后

脑袋常吱吱地发出喝酒的信号

他的水龙头身材里拍击着

黄河愤怒的波涛，拐弯处挂着

寻人启事和他的画夹

大伙的拜把兄弟小绵阳

花一个月读完半页书后去食堂

---

① 当时一首叫做《澎湖湾》的台湾流行歌曲。
② 韩愈，唐朝著名知识分子，中文系必学的一个人物。

打饭也打炊哥

最后他却被蒋学模主编的那枚深水炸弹①

击出浅水区

现已不知饿死在哪个遥远的车站

中文系就是这么的

学生们白天朝拜古人和王力②和黑板

晚上就朝拜银幕或很容易地

就到街上去凤求凰兮

这显示了中文系自食其力的能力

亚伟在露水上爱过的那医专

的桃金娘被历史系的瘦猴赊去了很久

最后也还回来了，亚伟

是进攻医专的元勋他拒绝谈判

医专的姑娘就有被全歼的可能，医专

就有光荣地成为中文系的夫人学校的可能

诗人杨洋老是打算

和刚认识的姑娘结婚，老是

以鲨鱼的面孔游上赌饭票的牌桌

这根恶棍认识四个食堂的炊哥

却连写作课的老师至今还不认得

他曾精辟地认为纺织厂

就是电影院就是美味的火锅

---

① 蒋学模，大学教材《政治经济学》的编者。
② 王力，大学教材《古代汉语》作者。

火锅就是医专就是知识

知识就是书本就是女人

女人就是考试

每个男人可要及格啦

中文系就这样流着

教授们在讲义上喃喃游动

学生们找到了关键的字

就在外面画上漩涡

画上教授们可能设置的陷阱

把教授们嘀嘀咕咕吐出的气泡

在林荫道上吹到期末

教授们也骑上自己的气泡

朝下漂像手执丈八蛇矛的

辫子将军在河上巡逻①

河那边他说"之"河这边说"乎"

遇着情况教授警惕地问口令:"者"

学生在暗处答道:"也"

根据校规领导命令

学生思想自由命令学生

在大小集会上不得胡说八道

校规规定教授要鼓励学生创新

① 辫子将军,辛亥革命后,中国全国人民都剪掉了脑后的辫子,但军阀张勋的军队却蓄着辫子发动
  了一次恢复帝制的政变。民间传说张勋是三国名将张飞的后代,像张飞一样手执一支丈八蛇矛。

成果可在酒馆里对女服务员汇报

不得污染期终卷面

中文系也学外国文学

重点学鲍狄埃学高尔基，有晚上

厕所里奔出一神色慌张的讲师

他大声喊：同学们

快撤，里面有现代派

中文系在古战场上流过

在怀抱贞洁的教授和意境深远的月亮

下边流过，河岸上奔跑着烈女

那些石洞里坐满了忠于杜甫的寡妇

和三姨太，坐满了秀才进士们的小妾

中文系从马致远的古道旁流过

以后置宾语的身份

被把字句提到生活的前面 ①

中文系如今是流上茅盾巴金们的讲台了

中文系有时在梦中流过，缓缓地

像亚伟撒在干土上的小便像可怜的流浪着的

小绵阳身后那消逝而又起伏的脚印，它的波浪，

正随毕业时的被盖卷一叠叠地远去 ②

---

① 把字句，大学中文系现代汉语语法术语，上一句的"后置宾语"亦是。

② 当时的人离家外出上学或谋生都自带被子，有的甚至自带锅碗等物。

象棋

战士们吃完饭，在十二月
初冬的中午时分，在纸上散步
械斗发生时，这些穿红、绿
铠甲的家伙就把天下
弄进格子地板的体育场
因命运而奋勇来回

看见我率领的这些兵士
因隶属而失去信仰
我高兴地起身，成为一只过河卒
向下午匆匆走去

沉默

波浪如一艘被击中的战舰向下沉
我是礁石，站立起来

我这时玩弄自己的影子，看到沉船
就让它爬上去假死，经阳光舒缓地折叠
梦里出现棺材，它就楼梯一般爬进去
我先是坐着，但我发现它在瞧
至少镜子在剽窃我的坐式
于是，我就装成小学生咕噜课本
我算计，它们一转脸我就立即死去

我不打算走动，这是单身宿舍
可以用烟圈吐气泡，像在水中
是的，岸上我有时用伤口抽抽烟

苏东坡和他的朋友们

古人宽大的衣袖里
藏着纸、笔和他们的手
他们咳嗽
和七律一样整齐

他们鞠躬
有时著书立说，或者
在江上向后人推出排比句
他们随时都有打拱的可能

古人老是回忆更古的人
常常动手写历史
因为毛笔太软
而不能入木三分
他们就用衣袖捂着嘴笑自己

这些古人很少谈恋爱
娶个叫老婆的东西就行了
爱情从不发生三国鼎立的不幸事件
多数时候去看看山
看看遥远的天
坐一叶扁舟去看短暂的人生

他们这些骑着马

在古代彷徨的知识分子

偶尔也把笔扛到皇帝面前去玩

提成千韵脚的意见

有时采纳了，天下太平

多数时候成了右派的光荣先驱

这些乘坐毛笔大字兜风的学者

这些看风水的老手

提着赋去赤壁把酒

挽着比、兴在杨柳岸徘徊

喝酒或不喝酒时

都容易想到沦陷的边塞

他们慷慨悲歌

唉，这些进士们喝了酒

便开始写诗

他们的长衫也像毛笔

从人生之旅上缓缓涂过

朝廷里他们硬撑着瘦弱的身子骨做人

偶尔也当当县令

多数时候被贬到遥远的地方

写些伤感的宋词

贰　孤独的诗　1985—1986

世界拥挤

秋天太窄了
总被什么东西往外挤
站在码头看别人从船上走下
旋即插进人群
看石梯不动声色
一下插入水里暗示
某种出路

码头停泊在秋天
一行大雁被天空挤出去
回家途中
人被自己的想象挤到一边
整个下午只得孤零零
活在一片远景里

饮酒致敖歌

饮酒时看到
那条小路白而又远
沿途的村庄今天都在等你

现在我已醉了
我要把路关在门外
把毯子盖在头上
毯子白而且好远啊

我能够随便想起你来
人品端庄，从酒馆出来
标准发式，受过高等教育
在路口犹豫

前一段时间我和你回家
走的是同一条路
那路白而又远
在路口你拿不准去看朋友还是结婚

很多次醉酒都到此为止
我想不起你那次去了哪里

生活

教语文的小赵现在差不多是该快活了
自从当上副主任，身材越发苗条
他去检查清洁，由于地面已被校长看过
他就看傍晚的天空出没出什么娄子
他走到河边，吐了一口三米长的闷气
一个木匠老远斜着眼看他，等着打招呼的机会
一个初中男生从他扶着树的腋下一闪就没了影

上个月，在三百米远的县政府里
文教局里的几个官儿们数了一下上级文件的字数
就派人事股的副股长爬进档案柜
用尺子把小赵量成了中学的领导之一

如今他站在河边，一个合同工跑来
请示维修楼梯的问题。继而他抽烟
大学毕业他就被分来这儿站着
那时全校的女学生都隔着操场远远地爱他

河水飞快地流过，几个夏天就从他烟头上溜了
后来他上街见了该出嫁的女人
眼里就充满了毛遂自荐的恳求神情
他偶尔也认为生活中肯定有一个家伙
跟着他一起站着，一有机会就会离他而去

星期天

清晨，阳光之手将我从床上提起
穿衣镜死板的平面似乎
残留着娘们眼光射击的弹洞
扫帚正在门外庭院的地面上急促呼吸
我把身子弄进该死的紧身衣
朝庭院走去，而庭院
正像一个呵欠把娘们击出后门
她和她的菜篮一起

小猫小狗正从它们的小屋出来
用足力气伸懒腰，身子骨咔嚓直响
像平时一样，它们用打滚回味坚硬的生活
一只老鼠从更小的门里
抽空出来呼吸新鲜空气
用古怪的眼光瞧我一眼
它平时有些行色匆忙

我想起去年
一个朋友来这里伸了一个懒腰
不小心胸脯当场给裂了一道口子
而那时门外是一条通往大街的小路
一只水桶和它的老婆——另一只水桶

在担水者肩上怪叫着爱情一闪而过
而这一切也很快
像老鼠反身溜回传说般的洞穴

几何老师

他双手插入兜中开始散步
河流加快步子如一群胆怯的学生
从他身边溜过，他好像刚走完
一条两年长的河堤，回首那头
一个光头少年正大步走远

他把双手取出的情况常发生在讲台边
因为一支粉笔靠着一块巨大的三角尺
在黑板上奔跑，拖着他的全部生活
他的背影像一个勤奋的裁缝
钟声把他的姿势从黑板上敲下来
新的情况就在别处发生，他又把双手插入兜中
飞快地走过通道，一位女教师因为
并不急着去下一班级上课，便用年轻的眼光
蘸着红墨水在他脸上批改作业

他双手插入兜里出现在河边
四下里的学生便如数字符号见了黑板擦
瞬间没了影，一个面粉工人飞快溜出来
向河里撒尿，一边对他眨眼
然后顺抛物线哼着情歌
他背过工人朝一边走去，多数时候
他也想大声把想象中的自己唱出来

老张和遮天蔽日的爱情

哺乳两栖类的光棍儿老张
生活在北半球的季风里
当人类三三两两进入四月的时候
他曾在茶馆里肯定地说：
"爱情会遮天蔽日而来"

哺乳两栖类的雌性
用气泡般的爱情害得他哭了好些年鼻子
于是，人看着看着就不行了

他开始骂女人都是骚×
甚至开始骂娘了
骂过之后就像普通人那样去借酒浇愁
醉得把嘴卷进怪脸中
这年月，爱情掺假，酒也掺水

陈年爱情像老窖烈酒般有劲
"女人享受不了这东西"
老张的头摇得像货郎鼓

他看到拉手风琴的大海
仍然要回忆，要捶胸顿足

当他走入吹着芦笛的神秘夜晚
有时还会严肃地想起十六岁的少女

现在，老张有着核桃样皱巴的脸
身材像手表里的秒针一样精瘦了
他在街上游着，沉默如一尾带鱼
偶尔用耳朵看一下女人，然后说"唉!"

高尔基经过吉依别克镇

阿列克塞·马克西莫维奇快活地
出现在街头，托主的福
道路已干透，他双脚抽风似的
想朝前走

时间还早得像荷马时代
他理了理旧得发光的外套
一只不知什么时候跟着他的狗失望地看他一眼
朝小巷走去，摇晃着空虚的身子

镇上的人们都还在屋里狠劲地做梦
那些房屋穷得歪斜，他用手指梳了一下头发
在莫斯科一张地图上他看到这儿有教堂和磨坊
便打这儿经过

昨晚他去找妓女玩
他把一个醉酒的妓女从泥塘里捞上干草堆
却想起了母亲，他的胃一阵难受
那时俄罗斯大地上连石头都有胃病
沙皇坐在王位上靠发脾气过日子

早在一年前，他离开轮船干上了流浪

他的胃对着每一个村庄蠕动，在身体强壮的那些日子
他勾引过漂亮姑娘，在伏尔加河的一个码头上
他把一个林务官的女儿死死按在沾满夜露的草袋上
干得像个异教徒。那些日子，他心里明白
我主慈悲，准许他进入世上所有房屋和女人

现在他走过吉依别克的教堂，打从昨夜
他拿定了主意干上帝干的事情，他要创造出
很多深陷的眼睛和饿得直哆嗦的房屋
用自己的胃病去写。他想他的血流得和普希金不一样
便朝下一个黑得像老巫婆的小镇走去了
那时的太阳像他父亲去世那年在天空
透出一张霍乱病人的脸

司马迁轶事

他斜瞟一眼走过身边的女人
嘿嘿傻笑，然后舔一下胡子
两年前，把一脑子花里胡哨的想法写进了书里
现在该写写娘们，在上林街上他做了一个很深刻的手势

他的老婆，过门的第一年替他端碗端茶
第二年便把他从酒杯边端走了
而今，他每天下午在公主的额头上讲课
然后像一个中学教师那样背着手回家

他脑子里正构思《西施列传》
他对这丫头充满信心，相信她会主动到《史记》里来
可这时候，司马迁的工作和学习都很困难
政治常把他夹在《史记》里与汉武帝怒目相对

他曾辞掉史官兼教师的职务去户外体验生活
他的坐骑迈开散文的步伐把他驮进各个朝代
他把自己蘸在毛笔尖上写得龙飞凤舞
他终于在砚盘里研磨出了西施的身影

但这时他已把自己混得骨瘦如柴
不得不让老婆给拖进宫廷再去混碗饭吃

岁月终于使他对他女人漠不关心
他满怀敬畏的心情不停地描写帝王
他把西施从稿子里抽出来，两千多年了
历史的烟雾常草书出他忧郁的背影

一个剑客是怎样中剑的

这个冬天亮晃晃
如一块刚擦净的玻璃，立在深秋的后面

一些事情正在远处发生，而近处
我栽种，收获，用植物和动物杂交
我读了许多先贤的书，农闲习剑
将诗与命混为一谈，以墨汁和云酿酒
幽居在事物里
一些事情就在我身上发生
如书法在纸上美丽地接近事物
如诗句接近部分人民和事实
一些细节进入我的心中
这些细节成为往事以后就开始变冷
最后成为金属

我曾热爱过土研究过水，且崇拜过山
我以木为药掩盖过既成事实
我用自身的才华将自己欺哄得心服口服
高楼夜歌，激情熠熠，心思宽远
激情是一个人从小到大的必经要道
青春是内部与外界的城门
一些事情远远地穿越秋天叩关而入

其中最锋利的细节就摸索着进来
在这亮晃晃的日子
刺中了我

抒情诗人

写起情诗来
像一个自己都觉得陌生的蠢货
直到来年春天
还坐在细雨中搞一个名词
苦写三年把所有女人
都弄成了一句空话

你在三年中抽出其中窗户最少的一年
放到别处
雨就在另一个省去下
淋外地女人和一个
长满疙瘩的男人
然后你站起来读诗
用最晦涩的句子把中年人对付在一边
夏天是最通俗易懂的地方
你仿佛正穿越一座广场

南方和北方的诗人

南方是一架古琴
琴弦辨不出快乐和哀伤
这琴在一座小山后弹了很久
河道沟渠老早就有了
美女也有了
诗人们背着手出来
察看天气

据说南方人的发祥地
是一根波浪
南方最美的女子在一面镜子里
镜子的上空老是下雨
诗人们什么也看不清
那雨飘着软绵绵的眼光
南方的男人也是软绵绵的
老是没找到最美的女人做妻子
北方的女人也很美
使人很容易动心
她们认识绿林好汉
和大路边的响马
北方最正派的男人也爱打仗
常常杀得历史书上连个人影也没有

整个中午只悬挂着一只鹰

北方的诗人们故意瞧不起女人
常醉倒在荒山野岭中
北方的湖都很小
但北方的酒碗很大
不管黄河流到哪里
他们在岸边总要碰杯
把黄河里最大的漩涡也举起来碰
老婆的酒窝也偶尔
使他们想生个孩子长大后
好继续兀立在平原
和孤独待在一起

月歌

一切的事情
形成一座山
面临月光的回忆而
一切的事物形成事情
被山经历

人如轻歌
短短地吟出
弦外之音更长，而
一切的现象在音乐中
美得让人想死
一切的经历
又被那月照进梦中

都江堰的旅游照片

那美丽的小姑娘如今成了一张
彩色照片,她站在二王庙前
脚下是川西平原的尽头
山脉使平原在此哮喘不已
人生在此另开篇章

她右臂紧挽同伴,身后的庙门通过照片
向我打开。她在这张很好的纸上
找到了男的,我的鼻子酸酸的
等着她胸前的黄桷兰飘出香味

我的瞳仁离照片上的夏天很近
天气很好,斑驳树枝下
这绿衣姑娘依靠另一男子
支撑着我手指的颤动

秋天的一个下午
我手拿这张照片在邮局门前伫立
她在我的手里站了半个钟点,我脑子模糊
她的旅伴在旁边等她一同离去

南方的日子

那时我站在南方，所谓南方
就是一棵树想跟另一棵树发生摩擦

朋友们眯缝着眼打河边走过
几棵树没动
我站在下午估摸着河流在远方
转弯的模样
准像一个穿灰衣的朋友在车站边绕过

我扶着一棵树而这树
正揣摩这会儿自己是不是一个人
是不是有着柳这样名儿的人

南方的树很多
但不能待在一块儿
因为它们有根
有根的东西就不容易去看朋友

以后黑夜来临我也似乎有了根
树枝举着月亮星星
我依靠我的影子和另一棵树在黑夜靠近

以后我们就常听到

人们在屋子里对我说

"什么风把你吹来了"

鱼情

水流穿过藻带这快活的风
在树林间走过在鱼的耳边簌簌直响

这天气可真有意思
三月的一个早晨，我在清澈的河边
钓鱼也钓爱情
我在岸上河里都放了钓饵
一俟那长辫子的鱼打城门洞游来
我可敢猛拉？

我的头闷在水里思考，我的耳朵被波浪
扯得长长的听鱼群走过的脚音
我的心在鱼的心中跳着，而无数
细小的波浪在我的影子上决定和
推翻一系列问题，最后
一切平静如这个早晨

家中那条金鱼总是很平静地
稳定鱼缸的情绪，我回家时
这金鱼却羞怯地在鱼缸里转弯
她的裙裤被风
优美地撩起

伫望者

大诗人已经从物质中分裂出来
掠过了城市的上空
诗歌已解决掉了本世纪的重大问题
徘徊在人民心中的每一个句子
已不再沉重

我感谢这些语言的先烈
他们在词汇中奋战
最后倒在意义的上面
我感谢每一个字
它们以难度和重量激励着一代代人
使女人越来越丰满
使抒情诗人们肌肉发达

我生逢诗人如毛的时代
文化把我们套在阳台上，给我们食物
我在上面读着荷马，读着金斯伯格
注视着每一次革命中的混乱场面
忍受着诗一次次从语言上死而复活

如今大诗人把我们带到了语言的边缘
然后飞身离去，语言就是这样

它通过大诗人抛弃我们

大师手一扬我们就失去了方向

大师的绳套一断

我们就在阳台上不知所之、不肯下来

我们已彻底失去了人味

正一天天变态

行人

十月依旧推动着天空
把白天和梦幻、欲望和符号匆匆混淆
在秋与冬的缝隙，我只看到了人民中的一道眼光
如一首歌，在水与冰之间轻轻衔接

我站在阴影之中
站在语言约定的意义之内
在这个万物交接的镜子里调息和默想
在此与彼或是与不是之间伸出手轻轻把握

这是事物混淆得悲壮的季节
死去的语言仍在表达盛大的生命
新的东西，哲学、处女和简化字
又在另一面涌现

这就是十月
在雨水的一生将被雪花重新描述之前
当高大的城墙把最后的阳光慢慢放下之后

我将上路去斗争沿途的城市
在形式轻轻取消内容的夜晚
当我说出最优美的语言
而又不表达任何意思的时候

成年人

夕阳已落下了平原
幽香的气味中慢慢探出了黄昏的灯光
在街头和树下
窗户关上之后还眨着城市忧伤的眼
灯，在职业和语气的背后犹豫地亮着
灯匆匆涂改着一天来社会最让人厌烦的表情
涂着枯燥生活的口红
我在音乐中走来走去
或在一个不良少年的年龄上伫立
在远离小提琴的房间，被琴弓拉得很小

这个时候，刚成年的人们选好了他们的主义
等着老年时再匆匆丧失，他们从楼梯口下来
或者从一种思维上走下来
三个一群五个一伙哼着一些没有信仰的歌

这个黄昏不断涌现出社会多余的部位
它们别无他求，脚放在地板上
肩从远处滑过来，靠在一些姓名上聆听
等待思想或者激情将它们再次蛊惑
人们东张西望而又轻轻地把握住一种节奏
使我很紧张，无法挺直自己的腰

生活方式无法纤细，天已经很黑

我从我的皮肤上摸索着下来

向灯光处轻轻划去

我看见城市在灯光中时隐时现

我想起我是一颗灯，亮了五年

突然想黑一个

我花了五年时间朝照片上摸去

我想我他妈真是瞎了狗眼

上面只有一艘船在星光下行驶

如果我说的是你的故事

那会使人想起是俄国，我喜欢那个地方

雪花轻轻刺激着伏尔加河下游的妇女

酒店里，一个青年的所有成就正随着唱片呜咽

青春在纹路上纠缠着一生

我说的是另一个人

那在春天长出了名字的人

那在春天长出了性格的人

那长出了四肢的一种动作

长出了一头牛，那脾气

我说的是那对角上长着一头牛

春天，在牧场

她的手势长出了一个女孩

她的脸长长地拉过了河，四月的河滩

我在一朵草帽下圆梦

我从一个声音中伸出了手
来，涉过来你就是一朵花
花打开她的裙裾让文字落满纸张
让黑夜出现在香气中
让五十个歌星被淹没在同一首歌里
而这首歌一经唱出便又回到了无声中

这个夜晚很坏。坏，他妈的
这个夜晚有一个诗人使每一座房屋孤独
当酒店的酒劲升起来迎接最后一批酒徒
灯下意识地亮着
你身后的镜子已经忘记了反光
你说说你干吗要爱呢？一个酒徒问另一个
并看着最后一扇亮着灯光的窗户

窗内，打字员敲打着纸张的大门
她迟疑的手指
伸进了陌生的彼岸
她围着厚厚的围巾
山上一片白雪
而我却在另一个深夜
在一个预感的后面缓缓前行
在一个酒吧的外面，在一个故事的开端
我拉紧了衣领

界

你已被毛缝纫
披到了马的身上
你抓住自己奔跑的脚
就收拢了城外的栅栏

你伸出手就会出现一条河
一到天黑
你就涉到了对岸

你的毛轻哭着你的皮肤
水曾使你收拾不住自己
使你心为槁木、身如散沙
一片梨花就可把你渡回祖国

但这条河已使这件事成为象棋
涉过去你就是马
你闯进杭州
天下就改朝换代

塔

她用一片树叶把你粘住
藤子就越想越长

藤子伸过旷野朝花哭去
她用手撕出一条路
马就从塔里出来，绝尘而去

苹果在树上兀自圆得发痛
天色已晚
你已看不见泰山

你不想涉足这条河
棋局之外你已不是马
师兄，这是一个写小诗的家伙
这厮用词好狠

而你只管在山下做局
尽量用语气降低心境的高度
然后在河边与两枚卒子饮酒
让眼前的老帅想起了塞外

那冬天

冷得像在月中
她用病缠住那座山
所有的花都被香气逼出去很远

客

她在月亮的后面游泳
冷坏了一片玉米地
原野上纷纷降下花的肩膀和睫毛
和花的脚

她已经用香气袭击了南方的少年
此刻苹果在桌上成了树的回音
成了少年想象中的去和来

要是在去年
你走过去
一个平常的夜晚就可使她成熟
使她感到痛
你随便一掬
就可使水在你掌中骄傲地哭起来

现在也是一个平常的夜晚
你想象着那条河
你仅仅涉了一次
就成了一个安详的回族人
你整整一生就成了北方的往事

驿

在南去的大路上
你不需要知道我是谁
看清了我的面容
你就丧失了自身

你手中的剑
正渐渐变成别人手中的桨
在一片喝彩声中
将一条大鱼划进鳃中

你想起在一局棋里
也是中午
她在寂寞中摸到了鱼
又一声不吭在表情里隐伏
使水面从此平静
使战争脱离现实
所有的人民都成了海市蜃楼

南去的大路上
你和我联手做一个梦
又用幻觉解放了整个民族
她在塞外指着棋局说

这是世界上出了一个大诗人的地方

师兄，这沿途预兆不断
任何一种事物
都在从它原来的姿态上消失啊

肆　峡谷酒店　1985

夜酌

请你把我称一下，看够不够份
请你把我从漏斗里灌进瓶子
请你把我温一下
好冷的天气
像是从前的一个什么日子

风猛烈地吹
越过黑点般的村庄整整齐齐的风像一匹布
风被天山死死吸住了
我看到闹钟从回廊下来
拧瞌睡者的发条敲他们的鼻梁
从前的日子就从平原上
像一座城慢慢地立了起来

闹钟顺回廊上去的时候
我就把我倒出来了倒出来就
直冒热气就朝从前的日子去了
倒出来这酒劲就像一个人的脑袋
往上一抬一抬就有了伴儿了
就走很远的路摸黑而又摸
很宽很远的黑呢

酒聊

我想离开自己
我顺着自己的骨头往下滑
觉得真他妈轻松

很多手把我提起
好久好久
我睁开眼一看
人群中一个翘首而望的家伙
提着一只空酒瓶

我想
我是喝掉什么啦
长江以南一带
已然空空如也

酒眠

安睡在皮肤中而古代一国王之妻
正与上等的棺材匹配
摸摸脉搏知道古代的事正在发生
那里的酒就是现在的酒

把脸带回家
把散掉的鼻子眼睛摆好睡入皮肤
这种棺材乃好料常涂珍珠霜
可使几十年风雨不朽可睡至彻底酒醒

太阳一下子把我的眼皮揭开
哈这下见底儿了原来我好浅我这样的酒杯
比那些酒杯更容易见底其实
太阳也不深它难道不知
明天我或许另找职业或许再不写诗了
或许是又去酒馆

酒店

我用脚踢遍了所有酒家的门很多年了
我一直想掉进你的掌心老板

我想跟你发生不可分割的关系
想在恍恍惚惚的感觉中爱你
我喝酒仅仅
是一场受伤过程然后
伤口要静静回忆很多的事情

你也该把自己弄进酒杯该有
什么东西在体内快速来回，老板
你至少明白什么叫晕乎乎这晕劲儿
朝人生的另一面抵过去很久以前
那股血腥味就盖也盖不住地
义不容辞地出来了

我想跟你发生不可分割的关系
有时你躲不掉，我的伤口在酒店里
挥动插在上面的匕首向你奔来
我用伤口咬死你老板

回家

那些脚印把我扛进

磁带中就吱吱吱直打旋

想起古代黄河边那些水车

吱吱吱直往开封府送酒

好多的酒啦面对舞伴

一丝有别于醉的晕眩感油然而生

想起自己是个诗人吱吱吱当然

很多事情就突然像磁带一样卡住

过去的日子因此显得很远显得

像是在银幕上我坐最后一排位子看老电影

直至看到自己

斜靠朋友的手指望一条

长长的酒巷而去背影渐逝

我就回到家中那些酒瓶

丁丁当当把我拥进笔管再

使劲往外挤出来黑漆漆的

不像艺术

伍　太子、刺客和美人　1986

狂朋

狂朋用黑发走无尽的路
他的高歌
是一种注视
是一种低头，然后离开
绕过了丞相

这样，春天就来了
太子依然纵马，从西门出去
像往年一样绕过他的妹妹
追一头鹿就不再回国

他看见沿途的花朵不断绽开
又精疲力竭垂向落日的方向

在那儿他的狂朋仍在泛舟和纵酒
太子的离去
也就是另一个男子的死
就是从东门进来把自己当众毁掉

怪侣

你是太子
因早慧和没落垂下了头
你的叹息使年幼的妃子变成了红花

你在小雪中能听到天上的声音
并由此患病
雪中的吟唱才是真正的牡丹
它可以伴你在纸上摇曳达到鲜红的程度
雪中的吟唱才是真正的牡丹
走出宫殿，才能把握命以外的事物

你不如去雪地上大声吟唱，抚一棵树
你一叹息，寂寞的世界
有一片叶子会自个儿红起来

美人

我要带你去海上，带你去水中
你是美人
你可以在头上长一对吸盘
叮住一片海水
这样，过多的蓝色就会漫上船头
你就会活在鱼的领域
你会用水泡看天空的飞鸟并且
自身感到翱翔

你可以这样爱一个诗人
或者不爱
你也依然是个美人
被几分颜色涂染、夸张到了王的面前
抚琴、陪他攻书
静静地观看他怎样乱政
你可以大胆地孤独乃至变成一朵花
去树枝上彻底枯萎

我仍然要带你去海上
用红绸束一座岛
并俯在水面用语气猎一条大鱼
骑着它向北飞去

战争

我们怀抱美人和疾病
度过了漫长的岁月
我们金黄的皮肤因成熟而飘溢着芳香
丰收的消息正在天边传开

邻近的小国在相互瞭望中伸出了手脚
他们山呼而来，海啸而去
五十步笑百步
在好天气里列队，又远远地关上城门

而我们是已经厌倦流血或劳累的一伙
结庐隐居
在大白天指鹿为马
暗中又将鹿藏起来，把马放在南山
用植物的茎和叶入药，并轻轻呻吟
夜晚，我们家伙一硬心肠就软

每天我们都在耕种和生育
以美姬和兰草自比
一旦兔子撞死在树上
我们就要放下手中的锄头

美女和宝马

你是天上的人
用才气把自己牢牢拴在人间
一如用青丝勒住好马
把他放在尘世

这就是你自己的野马，白天牵在身后
去天边吃彩虹
夜间踏过一片大海
就回到了人民的中间

而那些姣好的女子正在红尘中食着糟糠
在天边垂着长颈
你要骑着她们去打仗
骑着她们去吟诗

但你是天上的人
你要去更远的地方
听云中的声音
你要骑着最美的女人去死

深杯

在蓝色的湖中失眠，梦境很远
千里之外的女子使你的心思透明

你如同在眼睛中养鱼
看见红色的衣服被风吹翻在草丛中
一群女人挂着往事的蓝眼皮从岛上下来洗藕
风和声音把她们遍撒在水边

她们的肌肤使你活在乱梦的雪中
看见白色藕节被红丝绸胡乱分割
你一心跳，远方的栅栏就再也关不住羊
它们从牧民的信口开河中走出来，吹着号角进入森林
又在水面露出很浅的蹄印

将命运破碎的女子收拾好，湖水就宁静下来
你从一块天空中掏出岛屿和蝴蝶回到家中
一如用深深的杯子洗脸和沐浴
上面是浅浅的浮云，下面是深深的酒

梦边的死

我这就去死
骑着马从武汉出去
在早晨穿过一些美丽的词汇
站在水边，流连在事物的表面

云从辞海上空升起
用雨淋湿岸边的天才

出了大东门
你的思想就穿过纸张，面对如水的天空
发现写作毫无意义
因为马蹄过早地踏响了那些浪漫的韵脚
你根本无法回到事物的怀中
自恋和自恨都无济于事

而人只能为梦想死一次
我命薄如纸却又要纵横天下
沿着这条河
在词不达意时用手搭向远方的心
或顺着回忆退回去躺在第一个字上
死个清白

渡船

用蝴蝶做帆在草地上来回划行，亲爱的
桨搁在最显眼的部位，你脱下乳罩帮着来划

骑在桅杆上看激烈的风景，这样很危险
你还是下来，帮我掌住下面的舵
再用左手接住我递给你的小东西
这时要是想想道德和法律
一颗糖就控制不住自己的甜味
无端端地柔软，透露出愉快的消息

我说，如此美丽的天气，死去或活着都随你的便
而你紧闭了眼说你不要听，咬住船头
穿过亚麻、黄柳和高粱
要在天黑之前赶回姐妹们中间

破碎的女子

桃花在雨中掩盖了李家的后院
女人们已纷纷死于颜色，被流水冲走
纷红骇绿中我又听到了天边的声音

一支短笛
想在远处将她们从无吹奏到有

想在红色和香味中提炼出她们的嘴唇和声音
在一首短歌的最淡处唤出她们的身姿
使她们妖娆、活得不现实
在极为可疑的时间里
她们咬着发丝射箭和做爱
随后成立诗社，在吟唱之前又大醉而散
各自随着脸上的红晕趴在花瓣上慢慢消逝

这样的女子命比纸薄，不得不重复地死
她们曾经用声音搀扶着一些简单的姓名，让你呼唤
或用颜色攀过高墙进入人生的后院
就这样把自己彻底粉碎，渗进红尘
在笛子众多的音孔里哀伤和啜泣，不愿出来

下个世纪，丑女子将全部死掉

桃花将空前地猖狂

弥漫在香气和音乐之上成为一个国家

妖花

你妖里妖气的声音
要我过早地垂死在舵上

大陆的气候反复无常
漫山遍野的丑女孩
从群众的长相中一涌而出

一个抒情诗人怕风，讨厌现实
在生与死的本质上和病终生周旋

现在我把船拴在你的姓氏上
靠在岛边喝酒
酒中的任何事物：
一棵叹息的玉米
或一座更小的岛
会让我终生在细节上乱梦
在唯一的形式上发疯
喝空这杯酒
我就要趴在舵上一死了之

夏日的红枣

你一会儿是母亲
一会儿是女儿
声东击西地采摘水果
打下的酸枣
便由我俩分担

你是一个小女子
把家人彻底蒙住
鼓声之外你就弄错了地方
你从溪头或树枝几个方向去玩都行
我要留在竹竿的下端

这些鲜红的水果，经过观看
便不再是村东女子的嫁妆
而是一个初恋的人做出来的味道
你还小
枣子就不敢成熟
这是夏天
夏天不好

饿的诗

我读着雨中的句子在冬季的垂钓中寻死觅活
旋即又被粮食击碎在人间

我从群众中露出很少一部分也感到饿
感到歉收和青黄不接
只有回到书中藏头露尾，成一种风格

而其他的莽汉们正想着乳房在各省的客厅里漫游
他们已彻底放弃了写诗，埋头于手淫
被窝一黑，美女就出现在大家干得到的地方
撑着面子把错误无节制地放到下一代人身上
蔑视高雅，在语言之外嘻哈打笑
在妇女中老当益壮，像一群开大会的农民

我已经老了一次又老了一次
从群众中来，如今就到群众中去
一口气喝干左边的事物
又在右边召开万人大会，遍地埋锅造饭
在一次繁忙中造成极大的贪污和浪费
让大雨落在社会上再次形成清一色的服式
我们身穿绿军装，腰插匕首和锤子
即使烂得难以收拾
也可以在人民中间幸福地喝酒

好色

好色之徒在冬天无事可干
握着极坏的预兆伸进夏夜手淫和写诗

一日三次的小酒已被喝掉一半，变得更小
变得秀气和珍贵
治国齐家的人物在一年之内就丧尽了猛烈和悲壮

捉鬼是你，放鬼也是你
大雪以一群文盲的姿态落在书中和桥头
走遍天下你都没别的颜色做人
厚着脸皮读文章，把一篇长文看成劳动
而费尽学生和圆规所拱起的桥
只是为了让美女从上面卖艺归来
把丝绳和脸皮放入镜中
放下厚实的里脊和肚腹上的扣肉
蒙在鼓中自学英语
你就在她身后用紧攥的手把自己放松
伸出头来，视自我为陌路之人
模样使不读书不看报的青年顿觉舒服和熟悉

而亲切的酒杯仍反罩住水里的妖怪和岸上的饮食业

幻觉中的女子在河边越发秀气和珍贵

捏在手里调皮、摆动

其他手中的小虫就一字儿放飞①

---

① 小虫，手淫之意。四川方言称手淫为打手铳，学生中的黑话将其写成手虫。

血路

在身怀绝技的大路上
消逝的酒旗重又飘扬
磨损的店家从一些用旧的词语中酿出了新酒
喝完后再往前走，知识和战争便风行不衰
这样的行程始终是在空中和形而上
当民主发展到山区，人们各自为王
械斗便轻松自如地向划拳方向发展

美人和英雄就在这样的乱世相见
一夜工夫通过小酒从战场撤退到知识界的小圈子
我生逢这样的年代，却分不清敌我
把好与歹混淆之后
便背着酒囊与饭袋扬长而去

东渡

渡过去还是那座岛
你可以做梦过去
也可以生病过去
因此吃一服药你就能回来
但你执意要去
那你就去死

夏天渡过去就会是日本
穿着和服你就只能去扶桑
这两个地方
你可以用剖腹而一举到达

秋天诗人们走着回头路
沿途投递着信件
秋天的情感轻如鸿毛
让人飘起来
斜着身子表达，而且
随便一种口气就可歪曲人生

从水上漂走只是你个人的事
一种说法就足以把你再次拖下水
中药和西药都无法救你回来

远海

我还是要把船拴在你的名字上，前面的海水太蓝
骑在大鱼上失眠，使我愈加气短和无力

犹如在三月，你把贫病的身子挂在美色上招展
远远地看见了海，听到了月经初次来潮的声音

我就只有从岛上下来，把枪扛在肩上
看着你去死

无节制的错误，同样发生在北方的海岸线
我用极坏的身体穿过十三、十四、十五这些日期
沿途胡乱放枪，胡乱在火车门边上吊
疲倦已使我经受不了浪漫，透过玻璃
我就死在窗户的外边

我沉迷于幻觉和潮汐
倾听母亲用一根筋怀你的声音
看见那粗壮的树伸进黑夜用枝条怀上苹果

柒　岛·陆地·天　1987冬—1988春

岛

今夜。雪山朝一双马蹄靠拢。牛朝羊靠拢。

今夜。草原停泊在小镇前面。海停在鱼前面。诗人停在酒中。

今夜。马遇到了雪山。

酒遇到了我们

今夜和你。闪电和鬼。风和肩膀。让房门大开!

面对一场远方的邂逅。我们不在乎看见的是谁。草原正在向过去出发。
　　风把草原吹过去。地主从盆地跑过来。时间跑过去。人跑过来。一
　　声碰撞就爆发了土地革命。

拖拉机朝前开。一路上发动人民。云朝下看。岛朝外游。风缩短身材。
　　天越长越高。

人越矮越快活。

问题越想越过瘾!

今夜和你。马背和星光。街上走过一个翻身的青年。一个懂我的人在
　　比你更远的地方入睡。我的嘴唇正为他奔袭去年的故事。

去年的故事属于去年的语言。花属于速度。

有人在裙子里紧紧地做女人。花在鸟的背上。鸟在云的左边。云在海
　　的上空飘过。

去年的意图乃秋收后对粮食的误解。吃是活下去的借口。演员是观众
　　的皮肤。草跑来跑去地吸收水分。

去年。我从书中滚出来去找职业和爱人。

去年。我的脸在笑容的左边。牧民在马上。孩子在乳齿中。手在事物
　里。朋友在岛上。

从岛到草原。从贝壳到毡房。

秋天瞧着云。云瞧着枫树。枫树瞧着红色。

那些红色从一棵树飞向另一棵树。从一种事物飞向另一种事物。从你
　飞向我。从个人飞向集体。今夜

我和你。两个人物。从去年到今年。

火车摸索着所有情节。终致一团乱麻。破坏了所有终点。

脸退进表情。飞翔退进羽毛。

今年的故事是你经验之外的东西。花就是花。

从字到人。从鱼到鸟。我为此做尽了手脚。

你也活在我经验之外，大做其他事物的手脚。

活得像另一个人。另一个字。另一朵花，陌生而又美丽。另一条鱼。
　一座新发现的岛。

今年的秋天是对往事的收割。路子简单。动作熟。手脚快。拖拉机在
　大树下。胡豆在麦子的侧边。牛在羊的侧边。老二在老大的后面。
　人民翻身做了主人。

从小镇到雪山，从狗到马。两次机会，一种味觉：玉米和酒；男人和
　女人；风和马和牛。

从出门到回家，从观众到演员，从头到脚。两个方向，一种混法。

从去年到今年。从脸到表情。

秋季对着天空。小屋对着月亮。月亮对着人。

睡觉只是过场；醉酒已不能说明问题；流浪也不再过瘾。

一个人物是一次念头；一个字是一次与外界的遭遇；一个月亮是一柄
　　收割童年的镰刀。飘过去的云是继母。

今夜和你。星星的马蹄践踏天空而去。
今夜和你。黑发和云和歌飘飘忽忽。
瞄不准的吻，回家而又瞄不准门！
一个男人咬着烟斗，看今夜怎么才能破晓。

今夜。雪山的下面，草原的上面。风的背上。那家。那人。那面孔。
树朝木材发展。钟表朝静夜滚去。那小屋。那人。那手。
一场黑头发的爱情，曾爱红过我们的眼。
一首诗。一个女人。一次机会。
一杯酒。一座小镇。一次男人。
声音把句子从书里面取出来，
语言把内容从心头拖过，
往事把颜色从布里面抽出来。
不崇高，
不冷峻，
也不幽默。

今夜。酒杯和木桌。眼一点不眨。
今夜。神仙和云。山一点不高。
水也不深。
人似曾相识。
今夜。一次机会，两种感觉：
贝壳和毡房，

鱼和花。

今夜。一次机会，两种可能：

我和你，

岛和草原。

陆地

远方是一个洞。洞中是另一片大陆。

山洞嗷嗷叫唤着从一座山向另一座山走去。最好的洞是逃跑着的洞。
　飘动着的洞，白天是夜晚的一个洞。我们由此看见地球。夜晚也是
　白天的一个洞，我们由此掉进尘世。辞海说，上下四方曰宇，古往
　今来曰宙。
走过去曰你。走过来曰我。上男下女。男左女右。重男轻女。有一天。
　把你叫作女。把我叫作男。然后大家开始行动。陆地上。我们寻找
　渺茫的机会朝远方走去。
亚洲东海岸。祖父反剪双手徘徊。东方在去东方的半路上停下。你的
　祖父超脱而又近视。观日时将身子遗忘在下面。祖父看到国土东摇
　西摆，无法在罗盘上固定。祖父按泥土的纹路流浪，顺江河的经脉
　远行。依乎天理。顺其自然。游刃有余。
运方搁浅在地平线上。你以眺望的方式到达那里。
活着的痛感消逝在视野之外。远方就是所有事物的边缘。岸。门。背
　影。破晓。婚期。嘴角。指尖。墓碑。远方是所有方向。谁推动山
　峰寻找高原。谁推动河床寻找水源。每次到达都是半途而废。你在
　远征的半路上正好遇到骑马而归的你；你在流浪途中回头看着你的
　诗句在一群女学生的嬉笑之中回到四川。

从今天到昨天，从今年到去年。
你是一个被时间用旧了的男人，风流而无韵事，烦躁地站在河边，你

的头顶飘着远离时间的雨，你的身边吹过没有历史的风，你挽着你
的影子朝我走来，你说，我是一个悲剧人物，现在我要登场。
雷声轰击着歌剧。闪电抽打着角色。悲剧的高潮在你出场前就已平复。
悲剧的高潮等不了主角就发生了。身处其中的平庸之辈，我们把舞
台往后推一下就承认了他。

你被固定在一个角色的位置上。
远方也停滞在远方。

日晒雨淋。春来秋往。如果一切还原为初夜。伯罗奔尼撒。雅典和斯
巴达被一只盘子端着。你走过来。我走过去。少年下海。老年登陆。
战士去而不回。哲人未去先回。美人足不出户。诗人五里一徘徊。
而你，不去不回，为流浪而流浪，走在流浪途中而又一动不动。

远方若隐若现，没有到达的方式。

你这一生将像一段抒情曲轻轻浮出世面。然后喑哑下去。然后被青年
们舒服地欣赏。远方是从近处跑出去的。老人是从青年里面跑出去
的。远方在跑往远方的路上不断消逝。

两千多年前一个叙利亚木匠正
赶造地球。为今天布置远景。
地球在星空中流浪。陆地望北
漂去。国家在人民心中驻足。开
垦土地。发动战争。北斗星分散
海水的注意力。穿过巴拿马运河
水手又遇豆蔻年华。民族去而复返
还。航海者掀转地球找地平
线。航空者提起地球证实此
乃无根之物。远方朝近处漂过来。
资本主义迅速向非洲漂去。一次
接吻的经历向你嘴唇漂来。
海浪漂过大海进入一九八七年
四月某日中午武汉大学某女生的
梦境。一片片森林离开根须
出走，永无归期地飘过我们的
家门而去。在我们家门前，那
时地球上没有陆地。昼夜也不
分明……

两千多年后一只脚在河边等待
另一只脚。一个人在等待他自己。
为今天布置近景。地球去而复返。
轮到这日子。漂流的创痛在项上
结出硕果。你走过来。成熟而又时
髦，一个过去和今后你都讨
厌的人物，只能站在今天。浑
身的上帝劲。浑身的撒旦劲儿。
你和今天相互混淆。彼此成为
对方的造物。近处朝远方漂过去。
新秀脱颖而出。边缘从内部漂出，
直逼很远的原始基地。那时中曾根
已突破国防开支百分之一。西欧七
国首脑会议于威尼斯如期召开。
卡扎菲在原始壁画上说阿拉伯
国家应该拥有自己的原
子弹……

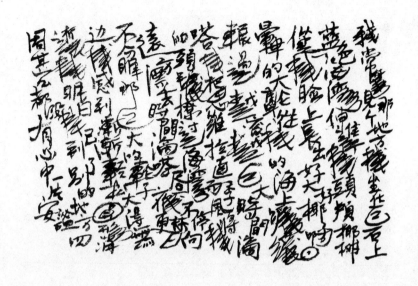

就这样我每次走出幻景我都明白我那时遇见了你。你还是住在老地方。那片辽阔的陆地上，黑夜做了一只叫白昼的陷阱放在几万只脚下。这陷阱上铺满工作、职业、爱情、房屋，铺满文字、术语、符号、动物。白昼反过来做了一只叫黑夜的陷阱。缀上星星、孤独、穷困，铺满迷惑、错误、痛苦。你翻来复去掉进这两只陷阱中。洞中数亿年，世上才几天。你乐在其中，莫名其妙。

天

色

她属于蓝色。而蓝色是一种距离
她翱翔而没有羽毛。注视而没有眼睛
她想念而不记忆。快感而不文化
她属于一种形式，因此她翱翔
她属于一种方法，因此她解决了自身
她属于她之外的东西，因此她无地自容
她无话可说，因为她已被语言说出
她充耳不闻，因为她已被声音听见
她一无所有，因为她已被事物混淆。羽毛反倒成了飞翔
岛屿成了天空的洞穴。春天成了雨水
她成了一种境界。一个虚词。逃避造句
她成了一种语气。语气成了月亮。月亮成了路途。一个人正被语言叙述
她成了一种氛围，翱翔在飞行的动作中无法成为鸟
她成了呼唤，发生在旋律里而无法成为提琴
她在熠熠生辉的剑舞套路中抽出来的不是剑
她在一首诗的反复吟唱中句句都没有字
她属于蓝色。而蓝色是一种距离。

三月

飞是一种颜色向另一种颜色的过渡。在三月
冰雪覆盖了姓名、卵石和海峡，看朱成碧在雪国成了可能
花朵和颜色向三月聚拢
鸟儿往北飞去，万物或行或飞均随意为之

但是鸟儿，如今你要飞越高山了
白帆正牧海远去
在三月，飞翔是一种俯就
是对人或鸟的另一种设计
如今你正穿越一句话
这句话在一首诗里
这首诗一旦写完你就将从你自己身上消逝
这首诗一旦写完你就到了另一个地方

三月是海拔最低的季节
在三月，鱼目看见了狐狸，鱼目也看见了文字
在三月，平原上出现了目所能及的东西：
鲜花。羽毛和村庄。鹰。燕子
云和你的乳房。鸟儿。苹儿
银杉。白云。米米。月亮与河流
在三月，我手牵葡萄藤驾驭着酒瓶漫游归来

岸

一九八八年四月二十四日。花开得突然。山脉走势混乱
蓝色在四川成了红色。成了惊弓之鸟。成了鲜血淋淋的动词
你从此不喝酒，不胡闹，不打架，圆睁着眼活下去

这一天，花边开边跑。鸟儿成了云
悬挂在高处，意义飘浮不定
鸟瞰海洋，海洋是一种香味
俯视人类，人类是一句话
使用语法，语法成了一套性姿势。草满足着风的动作，岸迎合着河的
意图。天边静静驶来一艘仇恨的船

船在盐里开过，成为一种气质
船拒绝那条岸，因此船成为白色
白色在四川成了影子，成了孤云野鹤，影子是鸟
人是人之外的一些动作，语言是思维以外的一些声音
我和你成了北京和广州之间的一列火车
流浪是最疯狂的器官
鼻子是一种远行
眼睛是一种遇见
酒是胸膛
哭泣是甲板，一九八八年四月二十日。船好岸美。天远鸟黑。

羽

鸟儿啊，如今你要飞越大山了
鸟儿啊，你知道
这世界只不过是现象
有人因一种现象而与你发生了关系
有人因为文字与你偶合为诗
有人穿过不可靠的章节进入你的心中
鸟儿啊，文字使世界丧失了所有美人
你有颜色，洁白如死亡
你有嘴唇，鲜红吃人
你有了欲望，冷蛇如麻
你有了哀怨，丝丝入耳
你有新的文体，且已倾向于散文
你曾扔掉翅膀就消逝
鸟儿啊，那年，你那几根毛长得恰到好处

酒

我的天空就是酒店，
我在我毫无把握的头顶盘旋
我把我放在有树的风中射来射去
我从高大的府第里走出来，燕子，旧时你们成双来到我的堂前

五个春天我只胡乱睡了一夜，妻不如妾，妾不如偷
如今你俩已飞到教师和医生的家中
经历取代了我，我取代了城镇、庙宇和常识
对一只我从没有见过的飞行物我感到了快感
你越飞越低，穿花渡柳
由飞而走。由云而树。由光而火焰
最后回到了酒桌边
现在我已看不见翱翔啦，我的鸟

歌

那年，一个国王在河边放马，王国正随落日消逝
历史被平原引向了尽头
树因为平静而任其粉红的花朵发生尖叫
女人们都飞了起来
鸟已从其修尾飞抵了羽翎，完成了死
时针走到了河的对岸
那年的事在那年永远发生下去
平原放松在黄昏下，村庄露出行人
三月在树枝上青翠欲滴

捌　空虚的诗　1988

那些少年美女姓氏重复，
　　　　身世雷同。
正当她们远远地如烟而逝，
　　　我碰到了最后的红颜。

天空的阶梯

空中的阶梯放下了月亮的侍者
俯身酒色的人物昂头骑上诗中的飞马
今生的酒宴使人脆弱，沉湎于来世和往昔
我温习了我的本质，我的要素是疯狂和梦想
怀着淘空的内心要飞过如烟的大水

在世间，一个人的视野不会过分宽远
如同一双可爱的眼睛无法照亮我的整整一生
我骑马跑到命外，在皇帝面前被砍下首级
她明白这种简单的生死只需要爱和恨两种方式来摆平
她看见了道理，在生和死的两头都不劝酒
不管哪路美女来加入我内心的流水筵席
她的马蹄只在我皮肤上跑过
在朝代外发出阅读人间的声音

她也这样在我命外疾驰，穿过一段段历史
在豪饮者的海量中跑马量地
而我却在畅饮中看到了时间已漫出国家
她的去和来何曾与我有关
天空的阶梯降到海的另一面
我就去那儿洗心革面，对着天空重新叫酒！

内心的花纹

你内心的姐姐站上城楼
眺望那外在的妹妹
美女，你喝红了脸
想在自己两种年龄上点数着中间的行人

这样的眺望也使一个男人分裂成两个
一个美丽的老翁，一个万恶的少年
从两个方面想归纳到婚姻的上面

美女，你多才、懒散，他也一事无成
如同做爱的字词那么混蛋而又徒劳
在狡诈的抒写中根本不需要偏旁和声调

从姐妹之间穿过说不定就成了兄弟
他孤身一人，朝各个方向远行
爱情的图案，由他散漫地发展成人生的花纹
在爱他和恨他的人中被随便地编织
然后归还到你的手头
想想，如果大家都已死去
那些外在的优美也会被拉链拉进内心

异乡的女子

满目落英全是自杀的牡丹
花草又张冠李戴，露出了秋菊
如同黄昏的天空打开后门放出了云朵

这时火车从诗中望北开去
把一个女子轧成两段
出现了姐姐和妹妹
这一切发生在很远的内心
却又写在错长于近处的脸上

她的美丽在异乡成了气候
如同坐火车是为了上大学
划船读书是为了逃避婚姻
有一个文学作品中的主人翁
正与你同样落水
又有过路的侠客在镜中打捞

而情人们却无意中把水搅浑
满树的脸儿被同情的手摘走
直到盛夏还有人犯着同样的错误
我只有在秋日的天空下查阅和制造
找出琼子和慕容

用一个题目使花朵和树叶再次出现

她们一真一假
从两个方向归结到虹娃的身上
在这些个晴好的天气
一行行优美的文字把她迎上了枝头

水中的罂粟

我要拿下安徽省，草在前面开路
世界上最大的湖就是巢湖
星星月亮们端也端不住荡漾的湖水
把你细腰的软桨从衣服里抽出来
你这样退来退去还不是从苹果退成了花

这个倒行逆施的夜晚，我一阵乱划
星星们在鱼背上钉也钉不住
牙齿也咬不进苹果
哦，你柔软的桨
是我从少数民族手里买来的
划过两个酒涡
就算是把巢湖又划到了另一个省

想起你们安徽
树叶和酒厂的工人就朝那儿出发了
我坐着半架汽车
乡亲们追过来纯粹只看到了一只轮子
另一只轮子慢慢转动，朝肥东轧过去
哦草哦，低眉折腰的妹妹
晕死在路边的罂粟

我扶不起你的意思
星星们正在水底打钟
而我听不懂最简单的声音
我要安徽的西面，我目前正在路上
用半条命朝另外半条对折过去

风中的美人

活在世上，你身轻如燕
要闭着眼睛去飞一座大山
而又不飞出自己的内心

迫使遥远的海上
一头大鱼撞不破水面

你张开黑发飞来飞去，一个危险的想法
正把你想到另一个地方
你太轻啦，飞到岛上
轻得无法肯定下来

有另一个轻浮的人，在梦中一心想死
这就是我，从山上飘下平原
轻得拿不定主意

内心的深处

在现实中喝酒，绸缪缱绻
看见杯中那山脉和河流的走向顺应了自然
看见朋友从平原来，被自身的才华砍死在岸边
你便拒绝了功名，放弃了一生的野心

你骑马穿过傍晚，碰到了皇帝
沿途的事物都很清晰，草比人粗
碰到了学者，正在观察水和波浪
你穿过了妓女，在江边，一楼一凤

你看那如烟的大水放弃了什么
你站上桥头，看那一生，以及千古
用每天的小酒局杀尽了身外的事物
却在内心的深处时时小心，等待和时间结账

酒中的窗户

正当酒与瞌睡连成一大片
又下起了雨，夹杂着不好的风声
朝代又变，一个好汉从山外打完架回来
久久敲着我的窗户

在林中生起柴火
等酒友踏雪而来
四时如晦，兰梅交替
年年如斯

山外的酒杯已经变小
我看到大雁裁剪了天空
酒与瞌睡又连成一片
上面有人行驶着白帆

白色的慕容

在事实和犹豫间来回锄草
下流的雨，使春天美丽
你的身世迎风变化，慕容
满树的梨花又开白了你的皮肤

在毛线中织秃了头
就有一只闪亮的鸟儿飞出了海外
在二月，在九月
你从两个方向往中间播种
洁白的身世沾满了花粉

素日所喜的诗词如今又吟诵
窗外的梨子便应声落向深秋
你忘掉了自我
闭着眼浇灌意境中的坏人
漫山的雨水已覆盖了梦外的声音

你怎样看到美梦的尾巴窜过清晨的树丛
或者一朵早蕾的桃花发现了大雪
在粉红中匆忙裹紧
又被强奸得大开？

远方的鸟翅荡开大海看见了舟楫

意料中的事在如今等于重演，天边的帆

使人再次失去雨具和德行

手一松，一切都掉在了地上

秋天的红颜

可爱的人，她的期限是水
在下游徐徐打开了我的一生

这大地是山中的老虎和秋天的云
我的死是羽毛的努力，要在风中落下来
我是不好的男人，内心很轻

这天空是一片云的叹气，蓝得姓李
风被年龄拖延成了我的姓名
一个女人在蓝马车中不爱我
可爱的人，这个世界通过你伤害了我
大海在波浪中打碎了水

这个世界的多余部分就是我
在海中又被浪费成水
她却在秋末的梳妆中将一生敷衍而过

可爱的人，她也是不好的女子
她的性别吹动着云，拖延了我的内心

云中的签名

今夜的酒水照见了云朵
我振翅而去，飞进远方的眼睛
回头看见酒店为月光的冷芒所针灸
船在瞳孔里，少女在约会中
我的酒桌边换了新来的饮者
月亮的银币掷在中天！

两袖清风，在昨日的吧台
时间的零钱掏空了每一个清醒的日子
我只有欠下今天几文，把海浪的内衣朝沙滩脱去
拂袖而起，把名字签在白云的单上
飞进天上的庭院
转身关上云中的瞳孔！

青春与光头

如果一个女子要从容貌里升起，梦想长大后要飞往天上
那么，她肯定知道青春容易消逝，要在妙龄时留下照片和回忆

如果一个少年过早地看穿了自己，老是自由地进出年龄
那么，在他最茫然的视觉里就有无数细小的孔，透过时光
到成年时能看到恍若隔世的风景，在往事的下面
透过星星明亮的小洞也只需冷冷地一瞥
就能哼出：那就是岁月

我曾经用光头唤醒了一代人的青春
驾着火车穿过针眼开过了无数后悔的车站
无言地在香气里运输着节奏，在花朵里鸣响着汽笛
所有的乘客都是我青春的泪滴，在座号上滴向远方

现在，我看见，超过鸽子速度的鸽子，它就成了花鸽子
而穿过书页看见前面的海水太蓝，那海边的少年
就将变成一个心黑的水手
如果海水慢慢起飞，升上了天空
那少年再次放弃自己就变成了海军
如同我左手也放弃左手而紧紧握住了魂魄
如果天空被视野注视得折叠起来
新月被风吹弯，装订着平行的海浪

鱼也冷酷地放弃自己，形成了海洋的核
如果鱼也只好放弃鳃，地球就如同巨大的鲸鱼
停泊在我最浪漫的梦境旁边

寺庙与少年

我的青春来自愚蠢，如同我的马蹄声来自书中
我内心的野马曾踏上牧业和军事的两条路而到了空虚的深处

如今，在一个符号帝国中度过的每一天都是极其短暂的
我完全可以靠加法加过去了事
我和战争加在一起成为枪，加在美女里面成为子弹，加在年龄的上面
　成为学者
这样，好事不出门，坏事传千里把我传出了学术界
我的一生就是2+2得4、4+4得8、8+8得16的无可奈何的下场

在中国的青春期，曾经有三个美女加在一起拒绝男人
曾经有三个和尚无水喝，在深山中的寺庙前嬉笑
曾经有一个少年是在大器晚成的形式上才成了坏人

我有时文雅，有时目不识丁
有时因浪漫而沉默，有时
我骑着一匹害群之马在天边来回奔驰，在文明社会忽东忽西
从天上看下去，就像是在一个漆黑的论点上出尔反尔
伏在地面看过去，又像是在一个美丽的疑点上大入大出

玖　航海志　1988

武断的天空
野蛮的天空
糊涂而又美丽的天空

之一：诗笺

花是藤子寄出的信
非洲是亚洲寄出的信
草原是马寄出的信
跑是走寄出的信

之二：乘船换火车而又乘船

我浮出海面至少是印度洋一带
我被几座岛屿思索得像一艘军舰一路上开着炮向南逃去

我哼着歌回忆我的国籍遭到了歌曲的重复
我很平静，我这是顺着一根藤子去看看那边结的什么果
藤子在后面边走边想这果得他妈到远一点的地方去结
午后越来越强烈的非洲气味使我伸出了
鼻子的零头

太阳正落下亚洲
一个莽汉在山后脱裤子，使城市成为农村油画成为水粉
铁路啊铁路你什么时候曾经是一种事物呢

这些年动词使我活得像个熟练工人油污而又下流
我哼着歌对付螺丝
放松紧张都是扳钳
哭哭啼啼的火车头啊你不跟我走一走吗

车厢啊车厢你使我必须摇摇晃晃坐回到题目上
去看看这下是否到了开罗

午后越来越金属化的倦意使人已经在本段

睡了一觉并弄湿了内裤
我收拢是水放松是水我像是碰到了潜艇
而卵石碰到的肯定是鱼
鱼碰到的肯定是岛

我耸了几下，其中有三次让人吃惊是中国肩膀
打开窗户，这是孤独而又多情的时刻
我伸出了另一个人的胸膛
像一个女人独身去非洲闹革命
我不停地晃动把性格以外种族以外的各部位
以及手的延伸部分使劲晃动一下子
就从五十亿人中挤了出去

之三：金色的旅途

我想我是去扎伊尔
我没有迷路
我只是选择了穿过班多河谷的另一条路
森林算什么，烈日算什么呢？
我见过一条山脉一直伸进了物质社会

我不知道我的这条路有多远
我想我甚至不是去扎伊尔
我不想去哪儿
而不想去哪儿等于就是去南美
我在波哥大干活来着还是怎么的
我在亚马逊偷猎来着还是怎么的
我吸大麻，每日三餐河马
我沿着智利海岸一直流浪
我边走边想
我这是在哪儿
是不是迷了路
我不知道去哪儿
这正说明我这笨蛋是去了哪儿
我在自己脑袋里背着手走路并掉进河中
水算什么呢
只不过它常呵得我直痒

我掉下水时河上没有船

世界各地都没有

只要爬上岸我就不是鱼也不想造船

只要勉强是个人

我就得去西部

在去拉萨的大路上

我发现另一个家伙也不是汽车

我投宿在自己梦里并发出尖叫声

一座村庄被月亮照到了另一座村庄

一头动物在水中发现自己原来是狮子

这说明其他小动物将发生危险

这说明我确实到了扎伊尔

我从半夜里突然就走到了朋友们中间

所以大家皮肤都黑得让人满足

没理由成为花皮肤

如果说我是一个行吟诗人

我这是被大路对付到小路上来了

也可以说我这是被内容歪曲成了另一种文字

也可以说我原来是赵国人，而不是楚国

苦读先秦诸子之余我写扯淡的诗

沿岸的码头越来越多，越来越嘈杂

我无须上岸，无须写高贵永恒的东西

我不寻根，甚至不关心我现在何处

那么刚才我是怎么从海南岛回来的呢

大概因为我想迅速写下这首诗

写完后我会说

当年只是有人选择了渡过琼州海峡的另一条路

没乘船也没坐飞机

我根本没去过那岛子，只要文化作证

我就是师范学院的一个教师

我戴着眼镜，从不迷路

我在三年级培育热血的谷物

在四年级栽种穿裙子的水果

我从不写诗，也没混过火车，怎么会呢

我纯粹是坐在一家酒馆里

路灯被老板娘经营得歪斜

我刚和外国娘们跳舞来着，和女朋克

我这是否算是在苏联

你看我会是谁

只要你不是哥们我就不是李亚伟

如此看来，时间算什么

路程又值几何

我没有迷路

我只不过刚才兜风来着

我刚才押送着我的鼻子哼哼着穿过一些地方来着

我刚才举着手散步

刚才我在床底下流浪，五年后才回到故乡

我是一个多么成功的人物

我用语言飞越了海峡

我用语言点燃了鸦片

我用语言使娘们怀了孕

其实成功和活下去是同一回事

活下去能使汽车转弯之后再次成为汽车

现在，因为汽车可能掉进班多大峡谷

我就有了刚从河里爬上岸的感觉

我不知道这条路还有多远，我站着

卵蛋痛，想死

我这是行走在半路上，要是我忽略了这点

我就会平静地笑一笑

勉强像个人地笑一笑

我不在乎我是在走回头路还是

在一直走下去

我相信我这是去扎伊尔

之四：航海

现在，我的语言很湿润不断地引来水手
现在，我偶一沉默就产生码头和水手的妻子

海上吹吹来来一一一一阵阵风风
呼呼呼凉他妈个厉害嗳嗳嗳透了
椰几棵树晃晃不停荡荡而又树
椰
而又1988年5月17日
这正是我驾驶码头远离海岸线的那个浅蓝色的下午
这正是风中有一股细长的甜味的那个遥远的故乡

有人的眼睛在岛上思索
有人的牙齿在海平面回忆

我用鱼叉瞄准一句诗弯向明年
居住在那儿的那位平原上的女哥们
你是不是突然地会心一笑

我生于1963年，我逗着自己玩
我在两岁时就自己养活自己
后来我在一种叫路的东西上走来走去
停下来时我管自己叫叔叔

我使用着思想的鸦片

我的言词是骰子

我在梦中决定死活

我的眼睛是一场冒险

我的肉体是一个强盗故事

我的名字就是语言的梗概

从今年到明年有没有去非洲远

我使劲活能不能马上就是明年

我他妈一阵乱跑能不能跑进过去

哥们，我熟练地驾驭语言，反倒失去了语言的指向

我洞悉爱情的内容，爱使我南辕北辙

哥们，这世界上没有你

我活下去的速度也很快

没有你我这就算是逃跑

我在我的诗句中乘船换火车而又乘船

我要尝试尽所有的方式

我只在乎奔逃的形式

我站在甲板上向南奔逃

我骑在火炮上向南奔逃

我一边写诗一边奔逃

我一边结婚一边奔逃

我一边读大学一边奔逃

我从身高一米五跑到一米八

酒使一个人成为三个诗人
国家使千万个诗人成一个
而往事，将使我成为你

现在，我就要从这个世界上跑掉了
我一只腿比另一只腿跑得更快
我的胸膛多跑出去十米远

哥们，你也是汉语中的浪子
你看看船、水手和码头
你能指出我是其中的哪一个吗

我的脑袋已越过另一片大陆
我的阴毛正垂着八字须骑马飘过黄昏
一个人穿透生死的过程
就是被语言模糊的过程
我用外行的目光注视另一双眼睛
钟声流过群岛击中了遥远的帆

约你约到月上时
等你等到月偏西
我要在海上向你叙述幸福的往事
我将与你重温落日后的日子
现在我得到了我从未失去从未有过的东西
在唐朝感动过我而又退回去的吻

在元朝被砍掉如今又在梦中长出来的那只手

我碰到了历史之外的另一双眼睛

我了结着另一则凡缘

穿过言谈者的高度和倾听者的腰围

穿过树的平面和鱼的梗概

我轻描淡写，露才扬己

你功夫不足，温柔有余

语言被时间厌弃之后

我们已顺着句子到了海边

我是语气的哥哥，你是文字的妹妹

我们将布置一场生殖的妖术

用几何和逻辑

农夫和蛇

处女和土地

现在，我头上吹的根本不是风

是1988年的日历

我试探性地跑到今年就什么也不管了

在今年和明年之间

在诗和哥们之间

我牵着不知从哪儿长过来的胡子明白了一件事：

我剩下的唯一一颗牙齿就是要用来边跑边笑

之五：船歌

哗啦哗啦一诗章
妖里妖气一女人
平平仄仄靠过来
坎坎呼几一伐檀咳约那个兰花花哟！

树朝上弄了一下砰
夜朝后干了一下嚓
关关几只雎鸠你看那小女人
原来是个虚词咳哟那个玩意儿！

哼哼一小韵
轰隆一大诗
嘿嘿一诗人
ABBA五律抑扬而又七绝！
牧民在毡房里节制地放牧
狼群披着羊皮在句子中兜圈子
但狗要从思想中蹿出去
什么狗
（疯狗）
什么是我
什么不我
什么玩意儿

嘻嘻一诗人（诗人而又诗人）

他押韵了没有

女朋友答：他没有押

街道而又街道

走而又走

背后突然被捅了一下

莫非是那疯狂的石榴树?

为什么不去写小说

没有纸，鸟儿答道

瘦而又瘦

描写而又分段分往法国南部

那魏尔仑

那兰波

象征而又暗示忧郁而又癫狂

癫狂而又身高而又夏天那个月亮那个孔子

我就李他最后几个亚伟

然后走进那个川上

开个飘飘荡荡的酒馆

马叽里咕噜松 ①

二三四五毛②

六啊七啊八啊九啊一斤!

―――――――――――
① ② 马松、二毛，中国当代诗人，作者的酒友。

拾　野马与尘埃　1989

他骑着一匹害群之马在天边来回奔驰，在文明社会忽东忽西。

从天上看下去，就像是在一个美妙的疑点上出尔反尔；

伏在地面看过去，又像是在一个漆黑的论点上大入大出。

——李亚伟《寺庙与少年》

我们

我们的骆驼变形，队伍变假
数来数去，我们还是打架的人

穿过沙漠和溪水，去学文化
我们被蜃景反映到海边
长相一般、易于忘记和抚爱
我们被感情淹没，又从矛盾中解决出来
幸福，关心着目的，结成伙伴
坐着马车追求

我们是年龄的花，纠结成团
彼此学习和混乱
我们顺着藤子延伸，被多次领导
成为群众和过来人
我们在沙漠上消逝，又在海边折射出来

三年前，我们调皮和订婚
乘船而来，问津生死，探讨哲学，势如破竹
我们掌握了要点，穿过雪山和恒河
到了别人的家园
我们从海上来，一定要解决房事
我们从沙漠来，一定要解决吃穿

我们从两个方面来，入境问禁，叩门请教
理解，并深得要领

我们从劳动和收获两个方向来
我们从花和果实两个方面来
通过自学，成为人民
我们的骆驼被反射到岛上
我们的舟楫被幻影到书中
成为现象，影影绰绰
我们互相替代，互相想象出来
一直往前走，形成逻辑
我们总结探索，向另一个方向发展
蹚过小河、泥沼，上了大道
我们胸有成竹，离题万里

我们从吃和穿的两个方向来到城市
我们从好和坏的两个方面来到街上
我们相见恨晚，被婚姻纠集成团
又被科技分开
三年来，我们温故而知新，投身爱情
在新处消逝，又在旧中恳求
三年后，我们西出阳关，走在知识的前面
使街道拥挤、定义发生变化
想来想去，我们多了起来，我们少不下去

我们从一和二的两个方面来，带着诗集和匕首

我们一见面就被爱情减掉一个
穿过塔城，被幻映到海边
永远没有回来
我们就又从一和二两个方面来
在学习中用功，在年少时吐血
我们勤奋、自强而又才气绰绰
频频探讨学问和生育，以卵击石

我们从种子和果实两个方面来到农村
交换心得，互相认可
我们从卖和买两个方向来到集镇
在交换中消逝，成为珍珠
成为她的花手帕，又大步流星走在她丈夫的前面
被她初恋和回忆
车水马龙。克制。我们以貌取人

我们从表面上来
在经和纬的两种方式上遭到了突然的编织
我们投身织造，形成花纹，抬头便有爱情
穿着花哨的衣服投身革命，又遇到了领袖
我们流通，越过边境，又赚回来一个
我们即使走在街上
也是被梦做出来的，没有虚实
数来数去，都是想象中的人物
在外面行走，又刚好符合内心

秋收

水利是农业的命脉

·毛泽东·

回到草原
你肥硕的身躯粗暴地占据了她的眼睛
所有窗户都被迫打开，交给阳光慢慢地日

秋天的草原一片懒散，你冒完皮皮 ①
回到村里
顶着牛角在屋前打铁，在屋后开火锅
让成熟的麦子一个劲地往村外长去，拥挤不堪
被迫落在妇女们手中，被捏着脖子
交给了公家

更为炎热的气候在傍晚，好看的在后头
躲在暗号中的农妇被无端端地询问和调试之后开关自如
在路边别着校徽等待检查团
拒绝运输的拖拉机用马达死死抓紧刹车轻轻抖动
可想而知，酒中怒放的花朵已藏进裙子
又流出藕节和排骨汤

---

① 这首诗写了一个诗人在四川的诗歌经历，里面不得已用了不少四川方言和街头黑话，普通话
里无对应词，故不再注。

这时背着书包穿过麦田去向人民群众学习语言

唱着雷锋的歌

逐渐风行的殴斗和拓扑学

因为被普遍认为是改革开放的必经过场

被不停地登记注册和挂在嘴边

语言在诗的国度脱掉衣服就一下子左右了农业

成熟的麦子倒向共产主义一边

收割的季节被划拳行令的手势掌握着

他说四季财，你就又去打铁①

骑在风箱上用软硬兼施的调子炮制农具

用语言交换着实物，凭肌肉领走了其他人的工资

背着书包，深夜的草原到处都在上晚自习

身着黑夹克的嬉皮士和身佩红袖章的红卫兵

在课堂上共同朗读又梦见了周公

谣言使人民普遍成了诗人，少数成了敌人

而朗诵高于一切，直接影响到女人的丑与美

植物在语气和停顿中饱含着养料

硕果累累靠近实词和罕见的形容词

并被直述和修饰得不好意思，低头进了公家的仓库

朗诵高于诗歌的本身，你在十月摆起诗歌的香案

视文字为猪狗，语法和外语如粪土

① 四季财，划拳酒令之一，毛泽东在各地塑像中以挥手姿势最多，普遍被酒客认为是酒令五魁首。

或者叩剑而歌，或者对牛弹琴
用散漫无边的声音概括住工业和农业的前景
使它们出不了头，干脆倒退

秋天的草原牵挂在枫叶变红的过程上
盯着美人们于凉爽的夜晚掉进尘世，一辈子简直不能自拔
一些莽汉便喝垮了自家的身子骨和住宅
带领大脚农妇和打铁匠到了村东的高处
在腰带以下的重要部位露出头发和弹弓死守到弹尽粮绝
没有追求的人啊，你逃不过文化的掌心
凭空而来的垃圾学问要把你搞惨

现在，品质恶劣的老师背着黑锅越过了草原
一场暴雨在下与不下之间倾向于新鲜的事物
在半空中收回了对农民的成见而转为下诗句
一夜之间的朗诵和吟唱就触发了空前的战争
但真正的英雄是反不垮的
他要在天黑前重温马列的书卷
同时朝城外不断地投掷活鱼 ①
又从烂醉中爬出来拖着木马进入了海边的碉堡 ②
那些借来的软刀子杀不了人
夹在外语书中递给下流的女学生算啦

女学生们寄居在形容词里，一副还过得去的样子

---
① 想起了合川保卫战，城内南宋守军向城外蒙古军投掷活鱼，以表示城内有水有粮食。
② 想起了特洛伊之战。

把冬天的风景弄得摇摇晃晃

在飞雪的日子里把她们的嘴唇套在空话上问你几个问题

但你仍顶着牛角打铁，不想在春节前就成为流氓

一副中听的身子骨想用来弹死最后的知音

在龟山和蛇山之间的唯一牵连还是你和她在前年的问答

那极端的言行使老一代隐士们从此离开了人民

长相标致的朋友们穿戴整洁地把自己上交给国家

又纷纷变成衣冠禽兽①

而不务正业的女子依靠反动势力美丽起来，猖狂得不可收拾

一脸的秀色成了村中最大的负担，代替了天气

求雨的工兵拖着大炮快速转弯从各种角度打下了羽毛和鳞片

但阴恶的天气依然压住屋檐和年终，解不了心头之恨

寻字觅句，在官路上推敲

正逢娶亲的大轿用谨慎的语言打开了寺庙的大门

因为公家派出的贤达之士已在大路上说服一个漂亮句子②

深秋的天气为句式所迫转为秋高气爽

隐居在各大学的诗人为得以一试身手而钻研假学问

因此被开除或根本注不了册算不了人民的老几

我行我素的流派和流浪预示着甲肝和性病将普及到初等中学的程度

而且长江后浪推前浪

五年后随便一首臭诗就可气死一个最笨的少女

---

① 想起了隐士以及渔樵问答等典故。
② 想起了贾岛、韩愈。

人民的生活反倒提高，红烧或凉拌已对付不了半壁河山

在窗户外揭竿而起的好汉用锐利的少女刺穿了敌人的长袍

又挎着腰刀去写小说，叼着辫子到处寻仇

人民赢粮而景从，占据了喝彩的位置

帝王举着烽火走上看台，疯狂的战争已经接近零比零

十把九追进森林，把一留在大泽边当乡长①

杀父夺妻的仇人挂着驳壳枪从海外归来，操着广东话

一夜之间在进村的车站和山垭口挂满了巨幅标语②

进进出出的法国成语、英国歇后语和四川土话被彻底检查和搜下身

几种语言又相互翻译，构成了朗诵

而朗诵高于一切，在传达中压住了沿线的阵脚，平息了各种方式的骚
　搞和混乱

精彩的朗诵从字面上翱翔而过，飞往远处

说服诗人，心平气和地坐下来

凭手气写诗

最好的手气在每年秋天要掐住麦子的腰

最好的下场是升高和走火入魔，变成一种氛围

最好的手气就是语气，在恰当的时候说出零

使其不致变成一二一，以此保证收割的质量③

———————————

① 想起了陈胜起义。

② 改革开放之初，曾经逃往国外的华侨纷纷返乡。

③ 一二一，学生上课之余要学工、学农、学军。这是下操时的口令。

东风浩荡，红旗招展 ①

但收割的方式又被划拳行令的手势掌握着

他说四季财，你就又去打铁

在奔放的炉火中咬文嚼字，从狗嘴里吐出象牙

又从象牙中说出麻将，和人生下着匆忙的赌注

把一脸的痤疮抹往脑后

把羊皮挂在胸前

自己出去退火

语气从内部把握着语言，摸到了文字便就地消灭

然后又单枪匹马干掉评论家

如今没有知识没有文化的军队纷纷退伍回到了草原

交换着播种和收割的方式

把吃剩的文化乳房转让出去，哺育又一代人

而更疯的疯子就从大学里冲出来，喝假酒写歪诗

把《资本论》改写成史诗

如此猖狂的写法怎么得了？这些鸟文字何时方休？

四处的征婚和嫁女，三个月不用

你还得自行处理

---

① "文革"期间，从知识分子到小学生写文章的主要开头方式之一。

大酒

一年又一年
也就是一杯又一杯

一男一女
文字和鸟儿
拉出长长的声音
从南到北
从听到看
刚好看得见云
和云下的尘世

空气和山脉
酒和水
有一只鹰从天上下来联系

回答和问话
如同剑和鞘
里面是光阴
更里面是一和二
大和小
有一艘船载走了最小

而白和黑
放出一匹小马
正踏乱你的棋局
踏乱了有和无
一道又一道波浪
消逝在巨大酒杯的岸边

而我只看到
在天与地之间
是一个大东西
一个远东西

天山叙事曲

他要去渡塔里木河
要长相没长相
不要才华又有那么一点

一个软弱的人，背着粮袋骑马过天山
没有理由
也没有命数
如此没用的人
背着什么也无济于事

因为如果是流沙
它会自己走，张着小嘴吹风
会抬头游过黄黄的腾格里
因为如果是数字
它会和邂逅有关
小小的嘴唇会对着牧区抢先读出O
一个靠软弱远行的人，他要流淌
水会来帮他
蛇会来帮他
一个过时的人，他要动脑筋
一夜行走就会走到信中

如此软弱的人

河水都比他硬

这样的人内心甜蜜，长着高个

我们在城里碰到

这样的人，常常是熟悉的朋友

常常是女孩的哥哥

这样的人只有去渡塔里木河

戴着草帽，所有的省份都拒绝他

这样的人去当兵不会朝外国射击

这样的人去做客会把主人送走，自己留下来

他戴着草帽，粗通文墨

在上游写信，或者在下游的磨坊里碾米

用阳光催促事物朝坏处发展

无情无义

看着女子绣花边

心就比丝线还缠绵

塔里木河正在上涨

淹没了沿岸的小个儿

而那软弱的人，在毡房里碰完了运气

白天如同牧民的儿子

晚上如同篡位的叔叔

胆儿比太监的那个还小，信心又不足

放出去的牧群一次也没收回来

这样的人，我碰到过

在城里很有文化，你还未揍他
脸就吓白，心跳好几天
这样的人翻过了天山
像是一心要为葡萄干而死，我管不了他
他纯粹不需要自己，只想利用自己渡河
红花在天山里开了又开
他又骑了一匹含情脉脉的马
这样的人，正是我的兄弟
渡河之前总来到信中

自我

伙计，我一分为二
把自己掰开交到你的手头
让你握住了舵

眼前是自生自灭的人生潮流
伙计，我是多么急切！哭得像条鱼
你伸出手来摸一摸我与你混乱的地方
那儿不消说他肯定是云，轰炸了天空
你纷纷扬扬喊我的名字，喊我多余的地方
你闯进了我们相像的部位
就知道我多么与你不同
我朝前游去，是一条穿雨衣的鱼
又在一座桥下，引爆了她

我干脆、就如此在个人上散伙
在这个世界上，我是谁都可以握在手中的铁的事实
是窜来窜去的证据
是太阳从地球上一棒捅出来的老底
伙计，你是这个，我就是那个
是相互握住的把柄
日子越来越不好混哪
弄清楚，伙计

每个人都在散伙
完完全全成了一些字！字！和水！

我是生的零件、死的装饰、命的封面
我是床上的无业游民，性世界的盲流
混迹于水中的一头鱼，反过来握住了水
我是天空的提手
鸟儿们把每一天提出去旅行
伙计，世界越来越小，越来越没去处
生命来去匆匆，人生是完完全全的自费旅行
遥远的天堂气死了我们智慧的眼睛
气走了一代代的人民和一季又一季的草！
我是一年三熟的儿童
伙计，我是这个宇宙的穷亲戚
呵，我是深水中一条反目的鱼
伙计，海是咸的世界是猿人吐过来的口水！

伙计，人民就是紧急集合和集体性交的意思
伙计，我们成了文明的替罪羊
在劫难逃的接力棒！
我们是日历上此伏彼起的咩咩
伙计，所有的语种都是咩咩
但我是带着暗号潜伏下来的猿
语言不是把柄，我才是

我是一只弄脏了天空的鸟

是云的缺点

我被天空说出来

伙计，天上什么也没有啊，神仙们搬了家

我成了这个社会混下去的零花钱

我是我自己活下去的假车票

伙计，我是雨水的字，被行云说下来

天气把我当成怪话，说给了你的屋顶

我是浪迹江湖的字，从内部握紧了文章

又被厉害的语法包围在社会上

我是一个叛变的字，出卖了文章中的同伙

我是一个好样的字，打击了写作

我是人的俘虏，要么死在人中，要么逃掉

我是一朵好样的花，袭击了大个儿植物

我是一只好汉鸟，勇敢地射击了古老的天空

我是一条不紧不慢的路，去捅远方的老底

我是疾驰的流星，去粉碎你远方的瞳孔

伙计，我是一颗心，彻底粉碎了爱，也粉碎了恨

也收了自己的命

伙计，我是大地的凸部，被飘来飘去的空气视为笑柄

又被自己捏在手中，并且交了差

伙计，人民是被开除的神仙！

我是人民的零头！

拾壹　红色月月（残篇）　1992·春

第一首

这片陆地是人类远行的巨大的鳍

上面是桅杆、旌幡和不可动摇的原则

望远镜在距离中看到了领袖和哲学带来的问题

它倒向内心，察看疾苦和新生事物的来意

我的美德和心病也被火星上的桃花眼所窥破

火星是一只注视和被注视的眼睛

它站得高，看得远，也被更远的蓍草所看见 ①

犹如远航归来的船，水手和人群中的一双眼睛互相发现

我唯一看不清楚的是死，是革命前的文字

罗盘已集体赠给了鲸鱼，如同把国家赠给了海军

我说的不是一个岛国，在大战中向游牧民族发射可乐、服装和避孕药

我说的是雷达向基地发射回来的是怨恨和回忆

我不说一段历史，因为那段历史有错误

因为罗盘被冲上海滩的鲸鱼捎给了欧洲，供一个内陆国制造钟表

因为一头大鱼带头把它的鳃又赠给了路过的航天飞机

因为历史只是时间而已，是政变和发财

我说的是殖民需要空间和哲学，需要科技和情人的信息

---

① 蓍草：《周易》用以卜占吉凶祸福，春秋以上为太史所掌。因历来为官方独用而失传，幸赖
左氏内外传所记十余事，义法粗具，后世之高人方得略窥其真意。

所以我说的是无线电、载波和卫星
它向基地发射回来的是偈语和谶纬
上升到哲学，就足以占领一代人的头脑

第二首

这样，天边就可能出现红色，出现那日复一日的黎明

红色和才华过早到来，形成一些人的早慧

引起了一个国家的动荡，我们早熟、早恋又经常碰到处女

如此现象惊醒了一个诗人的布局

它以抒情的笔调开头，以恶习煞尾①

我一边劳动一边装处②，因为劳动是水果的一部分

另一部分是水分，因为鱼的一部分也是水

另一部分是打群架和处罚，因为我的知识也只是一部分

另一部分是无用的东西，因为我也属于无用的一部分

那一部分也无用——我指的是相邻的集体和个人

他们分开是追求进步，聚在一起又要打一场群架

而群架也是战争的一部分，战争推动了群众的进步

群众是边缘，其核心是生殖器

但还是有与众不同的人，恶习深藏不露

那是大地上调皮的晚稻，在夏天顽固，到了深秋才答应做人民的粮食

他是集体的另一面，最终仍然属于集体

---

① 恶习：与天真、纯洁相对立，常用来评价有社会负面习气的青少年，是很多教师、家长、警察训诫恶少们的口头禅。

② 装处：装处女，比"装嫩"的程度更深。监狱里的犯人头殴打新犯，若新犯因惊恐而发出叫声，亦被称为"装处"。流氓之间常用此语，可理解为假装天真、无知。

英雄也是人民的另一面，最终属于人民
因为人民只是战争的边缘，战争的核心部分属于平静
脱离了群众，因为那是政治

第三首

燕子在天边来回射箭

能够穿越春天而来的是瞳孔中的鸟儿，还有异乡的眺望
能够穿越游戏而到达学校的是童年
能够终生在纺织中穿梭的只有初恋的颜色！

一封长信打不开一个人的回忆，满山的水果打不开甜味
退役的士兵打不开贞洁，奏折和钟声也打不开领袖的心！
如今纺织打不开最深的颜色，因为那是死恋
属于长头发、大眼睛和想不开的心！

但是贝壳打开了海，送别中驶出的帆船
曾经有回头的浪子，用来信打开了岁月
初恋中最浅的颜色，每年被小路修改一次
因为那是身高，属于故乡和年龄
树枝也打开了天空，燕尾美丽的剪刀正来回修剪

第四首

在梦中游泳犹如阅读或生病

一目十行或一病不起，那就是最浅的沙滩或至睿之时

在清浅的水面我能看见自己的品学

犹如一个女子，在镜中看见的竟是别人的妹妹

打开的桃花是一颗透明的内心

镇守边疆的将士也是到了一种哲学的至境

马星①落在他们的子时上，马逢边寨

他们就终生游守在事物的顶端，放哨和侦察

他们是家庭和农业的核，推出去就是子弹

边境线的绷带把他们弹回来做父亲

最终回到了事物的前沿，简单明了

我知道，尽管锋利的哨兵在梦边巡逻

稍不留神，新奇的事物和预兆仍将刺穿我的内心

流出痛苦而又温馨的汁液

---

① 马星：算命术语，谓人如果八字中有马星，则一生颠沛流离。镇守边疆的将士命中都有一颗
以上马星。

第五首

我心比天高，文章比表妹漂亮
骑马站在赴试的文途上，一边眺望革命
一边又看见一颗心被人民包围后成为理想

我看见一种理想率领人民的全部生活夺取天下
却无法统治，种子不能统治花，皇帝不能统治云
我还看见古典诗人占据文字，形成偏安，又骑马治天下
使人民由清一色的服饰到全体戎装，由歉收到饮食单一①

那年，爱比恨后发芽，比枣树先结果且红透了脸和决心书
如同强烈要求自杀的身子用她的内心看到了领袖——
那秋天的远境中蓄着分头进京的男人，使她甘心被占领
请求用一颗最黑的心来消灭旧社会

而我已从对人类社会的崇拜发展成为眺望
且骑着马朝奴隶社会上游而去

---

① 想起"文革"流行的军装。

第六首

我对情人的占有曾经属于武装割据
多年后我彻底地洗心和革面，转向和平
但生命的结果仍然是老问题的复辟或种子对种子的重演
我飞身下马强奸一个名词或在书中搂住一副细腰
纵马踏过生生死死的字词一路上还是拱手让出大好的河山

历史倒流带来更多的场合改变了我的品德
因此我的品德也是社会的回音
一夜豪赌我模仿了别人的输赢，挥霍尽皮肤和牙齿
仍然只能拖着刚到手的国家窜到北方去寻找马蹄来耕种
并且用膏药阅读士兵从伤口中寄来的书信

这一切的关键仍然是所有制问题①
我飞身上马逃离内心，进入更加广阔的天地——
世界不是我的，也不是你的
但伟大的爱仍然是暴力，客气地表达了杀头和监禁

因为，生与死，来自历史上游的原始分配
万物均摊，而由各自的内心来承受

---

① 所有制：无产阶级经济学的关键性术语，如"集体所有制"、"全民所有制"等等。

第七首

鹰在天空劈着粗野的马刀

洞箫吹出寒风，使兵书中的师兄更加飘渺
他肃杀的身世是连接现在和过去的轻轻一瞥
鹰滑翔，在水与云之间带出一条光阴的线索
仿佛把死与生分配给了秋天，使其平均，一样的美丽和冷酷

如同把弯曲分配给河流，把红色分配给内心
把平原分配给视野，把风分配给倾斜的箭

但是，是我看见箫声中的敌人
以及其中为收割生命而准备的足够的红色，因此鹰上升
如同塔楼中升起的风筝线靠近天边的初恋和故乡

但是，我还是看见了贝壳的咖啡馆中被海风吹拂的师弟
他们一直互为生死而又不能见面，因为他们本为一人
是故国的历史中游荡的最后一个强盗
他们已在学校里失踪，每年开学都不回来，因此鹰俯冲

一个叫文，一个叫武，他们只在诗和书中偶尔睁开双眼

第八首

偏安在贝壳中的朝代忘记了江湖
在棕榈下的沙滩上
在草帽中的睡梦里
蚂蚁的城堡敲响了遥远的钟声

正午阳光的金箭直接射中小小的京城
逐鹿中原的大道上那叫武的少年纵马北上

隐居在瞌睡里的贵族忘记了刀兵
在蚕茧里的岛屿上
在槐树上空的蓝天里
雁阵的中间吹响了悠长的号角

第九首

在劳动和斗争中摸底、摊牌，然后前进
这就成了你夫君，骑马跑在功名前面，远离了阶级
读书、生病和狂想
在玫瑰色的天边露出虎牙求见公主

走在你侧面的人，超过内心，鬼话也就超过文化①
在社会上打滚②，一个文化妖精，相当的假
半字半人，又像书法又像秀才
这是那骑马跑在你婚姻前面的情人，但思想落后
种瓜得瓜，种豆得豆，"假"字害了他终生③

不读书的人，又不是大师
容易在商店里变成水果糖，甜起来的是歌星和事业
还能够从你的眼泪中流进电视连续剧
这也是你那骑马跑在初恋前面的情人
他是你扫盲班的老师，写的字比核桃大比约会小比心还黑

这个世界，文化多，道理多，所以隐士已经绝迹
符合你内心的人，那肯定不是我，但一定也很混

---

① 鬼话超过文化："文革"中人民群众对知识分子言论的批判语。
② 在社会上打滚：指跑江湖、混社会。
③ "假"字害了他终生：人民群众对知识分子的批判语。

他必须脱掉文盲的帽子而又不过分斯文

比如我，自渎又自强，压住了超阶级的酒量和爱一个女子的后劲

想去参加劳动，走上山下乡的路①

---

① 上山下乡："文革"中，刚毕业的城市中学生被送往农村生活的一场运动被简称为"上山下乡"。

第十首

我只有从种子中进入广阔的天地

我请求节气和风水，请求胡豆和草药把我介绍到农村

我请求一年中最好的太阳把我晒成农民的老大

我请求电话、火车、拖拉机把我送到公社

让最好的豌豆和萝卜给我引路

让最瘦最黑的二贵、铁锁、小狗子①或别的小兄弟

把我领到队长②的家里，接受他的再教育

我在南山上裸体种树，又在北山上披着棉袄牧羊

在二月里，我紧锁双眉注视解冻的河流流向城镇

流向探讨学问的人群和我的朋友们

我站在峭岸注视着春耕的实质和宽胸膛的原野

在播种的季节，我目空一切

没有文化也没有王法

只有满天的飞花、蝗虫和麦芒越过一生中最宽阔的地平线

---

① 二贵、铁锁、小狗子：曾经是农村小孩的常用名。

② 队长：共和国成立后直到改革开放前，农村的最基层单位，头儿叫队长。

第十一首

我看见一个被学问做出来的美女在田间劳动①
用轻巧的双手把未来纺织成公社
在里面学习、敬礼和散步
北方的油灯照见了哲学和战斗的场面
她用水库中的脸护守画报上的禾苗
用树边的嘴唇吻城里那个勤奋的青年

这曾经是我的爱人
她透过长长的乌发和泡沫看见了上山下乡的路

在流水边加人组织又从肥皂水中被清洗出来
这是谁的女人？在水果中是劳动
在劳动后比水果还甜
那时我使劲挖土，通过辛勤劳动占有了她

---

① 作者十一二岁时常被家长和哥哥姐姐们告知，要准备中学毕业后去农村当知青，进入高中时
这一运动戛然而止。

第十二首

我看见一个被汉字测出来的美女从偏旁上醒来

右手持剑左手采花

她用象形的一部分吟诗作赋

用会意的一部分兴风作浪

空前的美女！下加一竖是玫瑰

长在树上是妓女①

摘下来是格言警句和一年中最好的收成

运回家是不会写的字，最后变成醒目的标语和口号

我只有把她加在表哥的旁边成为表妹

派她到世界各地去捉半字半人的怪物

但加上一封回信她又变成了夫人，所以

换其他偏旁她就是妖精，在深山老林中反对世界上的美

如同过去的隐士如今变成反英雄

城里便派出三个丑男人去打她，打得她变来变去②

最后躲在山洞中吃美男子

这打不死的妖精！美得入骨和极端

已经不能变成现实中的女士或小姐

更使我无法回到白话文的字面上去读她

_____

① 想起作者儿时所在街道一个常被游街示众的女"破鞋"。
② 三个丑男人：古典小说《西游记》里孙悟空、猪八戒、沙和尚三人三打白骨精。

第十三首

赶走皇帝成了最后一次农业革命①
那年胡豆不被当做胡豆
大麦不成为大麦，一部分成为工人，另一部分成了革命党

人民推翻皇帝在农村纠正了庄稼的方向
把农业打得一边歪，从堤坝上掉了下来
我们失手打翻宴席，用混乱的政局代替小酌
领袖就从南方的海上乘船前来领导我们的外貌
尽管参加了革命，有些人内心始终不健康
我就是这样失手把自己打得站不稳，只得坐下来写诗
我是被语言关起来的人，一种方言可以把我赶出祖国

如今我站在白话的岛上隔岸观火
在十月，农历变成公历，时间提前
辛亥年间百姓从粮食中赶走了最大的农民
游说从反面代替了政府，成为无政府
汉语则成了一个我打也打不赢的秦国

---

① 想起了1911年孙中山在南方领导的辛亥革命以及后来的白话文运动。

第十四首

这样，我的诗中就出现了卧底和坐探

这些不带感情色彩、不为任何标题效力的狗东西

到底何时出现，领多少官银我一概不知

一旦被人读懂它们就除掉连词，咬开意义中的毒药

我看到过一些小诗因为经验不足而成了汉奸

我也看到过一些长诗通过诈降得到了军政府的发表

但另一部分大胆的句子则干脆啸聚山林

率介词、助词等恶狠兵丁

干些开黑店、打家劫舍、劫镖走私的英雄勾当

或者名词和动词竖起杏黄旗、互相招降纳叛

一夜之间披坚执锐、衔枚疾走要去攻打大师

泼皮也出现在字面上，通过潦草的笔划活现在一些年代

这些无赖，服饰花哨、智商低下

到底要干什么我一点也不知道

但险恶的情形在后边

诗人的才气终遭猖狂的收编和诱杀

然后一切归于大师

所以，这些不三不四的字词，我无法无天的酒肉朋友

明天我们又去哪家妓院，上哪家酒馆？

第十五首

人民起床废除了古文①
老师把马骑进一句话里，在词性上碰到了两个总统
学问趋向两可，政局变得模糊
如同把话说到历史中
如同把字直接写到水上，如同一个人物的归隐

没有版图的帝国仍由皇帝打开了城门
一首诗包含的另一世界正概括那吟诗的人
我对命的获得正基于此，日月如梭
我从世上进来，如今又面临着出去

说进历史的那句话诗歌说不穿，老师在里面兜圈子
如同在世外桃源中捕鱼，在醉中另外醉了一次
如今我也踏马进去，以此梦圆彼梦
在一个朝代里辅佐另一个朝代

---

① 辛亥革命成功后，在废除帝制的基础上，才开始废除古文（文言文）。

第十六首

解放的日子路不够走

把一段历史交给将军，不同于把一座半岛交给哲学
我们可以把一个女孩交给上尉，把绞绳交给宫女
但不能把南方交给语文，我们要讨论民主和科学
在推广白话的过程中提倡一部分人先打官腔
为一部分人多生产枪支，为另一部分人多生产选票
路少的国家只有用来游行
如此可以加厚人民的脸皮用以代替长城

皇帝已经逊位
我们害羞地剪了辫子
我们已剃光脑袋在各省成立了政府

解放的日子，开始学习新文化
我们在遍地烽火中留洋和北伐①
一夜秋风送来了理想，吹熟了粮食和进步的恋人
因此，即使我们看不清革命的实质
也不同于英雄看不清末路

---

① 作者祖父1926年进入云南讲武堂读书，那时已是北伐尾声，没能参与北伐，也没有被革命文
化熏陶，晚年嘴里偶尔有孙文和几句古诗词。

第十七首

海的那一面就是结局
那是南加勒比，我想去睡觉的地方！
当我的耳朵在海面竖起
我就听到了水手们两年前的叹息，一只邮船
离海难事件至少还有一千浬路程

我听到星子们在水里恋爱和叹息
如同那个遥远的暑假之夜
月亮爬进我的书包里悄悄写字
还有天狼星的航灯，招引爷爷的军舰驶进驶出
另一年，在中国扬子江的码头，一只客船离港
曾使一个少年的梦境得到无限的延续

如今，邮船停下来，在时间上悲哀地作业
在罗盘上寻找沉没地点，然后静静地沉没
信风曾猛烈地吹，把白帆吹向了童年
把心吹回了家乡，把二月吹回了和煦的圣卢西亚
我不知道加勒比海有多远
但我相信世界上的珊瑚、灯塔、报纸和海难
我曾站在船舷，看见那片海域与我灵魂相距的那两年路程
穿插在一个若隐若现的浪漫故事后
正慢慢被翻身的鲸鱼卷进瞳孔

第十八首

沿着白云的山谷有一条通往爷爷家的小路
一路上，我的命被延长和借给他人
而一个女人的青春却因此缩短
她的一生
只够用来约一次会

在那冒着蒸汽的家乡，在那书斋里隐现的渔村
我借给别人的是性格和经历
是树枝上高挂的泪珠和马背上斜挂的长枪

我把命借给了别人，在一个上午打开地图
把国家解散，再用一只信天翁
把南部向北卷叠，然后把活法告诉了他
提醒他飞身上马
把死分作两次来实现
一次是爱，一次当然是恨

就在这两次之间
我坐在大树下，回忆着浪荡的青春
正当阳光耀眼的中午
在海湾，信风播撒着海鸥的花粉
一只钟粗暴地走动

一只蘑菇在倾听海湾对面磨坊的声音
而在海上
我看见巨大的云朵正把时光吸上蓝天

拾贰　东北短歌　2002

国产戴安娜

女白领们从高楼里出来
有的厌世，有的
骚得不行
正面一看
都是学院艺术在苹果机里处理后
删除的爱情垃圾

有一双大眼睛，它们
　　如果一下子闭上
或许会让人想起
　　在关外的那些县城里
寂寞也是一种不错的
　　　　　　　行业

亲爱的，你是其中最性感的一位
那些搞旅游的
应该去找书商们谈谈
　　他们应该
把你印在地图上

小酒

我和陈哥、郭哥①谈完人生
一宿没话
只有老鼠在洞里数钱的声音
一瓶白酒正领着满天的星星和人类叙旧

马辉②，作为个体，他
变成好人时腿脚已整残废
天亮前他像蟋蟀在吉林
　　伸出的黑社会的天线

嘿嘿还有，东三省在抽烟

---

① 陈哥，陈琛；郭哥，郭力家。均为诗人兼书商。
② 马辉，诗人，编书稿的枪手。

无题

我永远不知道
我和资本主义的女人会整出什么事来
有时，我觉得
在封建社会的滚滚红尘里
　　爱我的女孩
　　　　正用口水
洗我的衣服

不管辽宁的
　　还是美国的
也许她们还没来
　　也许她们全部变成了业务

山海关

闯关东的后代如今又往回闯
　　　　一路上看见
蚯蚓在黑土地里生锈

祖孙八代了
　　　　弄来弄去
　　　　不如停在北京发财
　　　　并且灯儿喝

张哥对我——①
假东北人对假东北人——说
咋整呢咋整呢
我操，大不了回东北

_____

① 书商张小波，玩牌时喜欢说东北话。

无题

我喜欢海军

也梦想飞行

最近我老是想去东北做最大的生意

可是　全球化来得太牛逼

我用颓废才顶住了一个行业庞大的业务

生活

记住

进了山海关

东北人都是知识分子

往南走，经济会把你搞活

你的任务是

     在花花世界把经济整死

你会成为这个社会的少数人

待在北京

向下游的客户大声喊话：

  我已经不知道人活着

     有什么意思

我只知道我们

   谁他妈

     都想要

      活钱

关外

一朵白云被太平洋的暖风吹入我的午睡
马松①兄弟，我们认为
你曾经是白酒业在成都的呼叫器
你看，你的影子此会儿
正在大连的海边变长，变长

一块海水带着海带和鱼类在月光下游行
其中少数美人鱼
用绝种的方式显得性感

你的童年
正在长江边　费力地
吃着虾子，吃着你下辈子
　　人生开始时上游一带的游虾

你下辈子来东北搞个女人吧
你找到她时
银河还在山东的天上
　　正哗哗地流过她姥姥家窗前

① 马松，书商。

想起西藏的兄弟

资金在行业里眨着眼睛
像刚睁眼的乳猫

它们堆满利息的窝里
发出女处长和汽车喇叭谈话的声音

兄弟，运输业从村里爬出来
　　　　　　　　　　有的滚了回去

我们什么时候去最蓝的天空下喊人喝酒呢
贺中①
　　　你这喜马拉雅山的保安
　　　青藏高原的哪座雪峰
是你爸爸呢

---

① 贺中，诗人。

客户

一辆轿车在软软的通话里开进前妻的生活圈子
又在江浙水乡蜿蜒疾驰

王经理从反光镜里发现了温州

在他的身后
　　是宇宙巨大的暗边
　　　　　　有人在那里开加盟店

公司外

蔷薇爬上矮墙一朵一朵复制着自己的脸玩
她们的女孩也在她们的刺前边
    编织
        交友网

因为
    谁的客户量大，妈的
我们就派谁
        到社会上
           做格格

但是，北京城的电脑在整个夏天
        仍无法删除黄河边上
           乡下的气息

在销售淡季，我翻开山东客户的账页
数字中一片虫鸣的声音

还可以试试
明天给东三省打电话

拾叁　闲杂诗　2001—2013

我飞得更高

我飞得更高，俯临了亚洲的夜空，我心高气傲
人间在渤海湾蒸腾，众多的生命细节形同狂想
我在晴朗的人生里周游巡回，在思念里升起，触到了火星的电波
我发烧的头脑如同矿石，撞击着星空中的行星环
穿过夜生活发狂地思念着消逝的大西洲女人

我飞得更远，流星狂哭而过，祖国渺小如村
我是神仙，在政治和消费里腾云驾雾，我不是物种

悔恨曾把受伤的朋友送到最远的地方隐居，像一匹战马在太阳系环形
　　山上吃草
我仍在众星汇聚的天空飘游，思考着末日，打着远光灯一直往南
并对着地心哭泣，以怀念我从未搞过的风骚情人

她是远古大西洲上的半人、杂交人，是正在收缩的太阳里的河床
她的家乡是性的边缘，是尼尼微常数，是水星上的大红斑
她是狂歌与乱梦里美女的胚芽，她是爱和恨之间小小的度假村

旧社会的夜明珠照着偏僻的书页，照着反政治和商业
一只流氓天牛正在小学校进化成儿童，在人间的冷战期换乳牙
黑夜垂下了敌国最深邃的眼帘，我仍在乱飞，撞响着仙女偷人的窗户

此时，亚洲、山峰、沙漠、太平洋在猫头鹰的眼中渐渐变成如今的世界
我正酒醒，在远东的楼群里独自写诗，用又粗又黑的笔写着疯狂的生活
我的疯狂是东方历史最深处我叔叔出门杀人的匆匆脚步声
此时，我不知道我是谁，我只是茫茫人海中一颗受精的卵子
那大海仍然辽阔，但我为何如此的狂妄

夏日远海

螃蟹横爬着越过空旷的海滩，然后在棕榈下沉默
它想用很多只手抱着你到海湾最深的石洞里去做爱

天边的月牙正把最寂寞的那只银角伸向对面的半岛

龙虾在海底转弯，在寂寞中转很大的弯，我想起故国——
我的来处，你是否看见有两个兄弟正坐在忘川上喝酒？

新月钩住了寂寞的北窗

我飞得更高，超过了自己的无知，
看见几只秋后的蚂蚱住在圆月里对着岁月不住地哼哼

我知道三文鱼还在深海里等我，等到夏夜
外星人侧着偶傀的身影写完最孤独的绝句
戴着头盔，压低了呻吟声，去嘀嗒着的蓝宝石里喝酒
海面飘来的新月就钩住我寂寞的北窗照个不停
直照到雷州半岛前一只海马停下来读我手抄的诗

水生物们用隔世之音朗读李哥的格言，海南岛也听到了，寂寞然后羞
　红了脸
我想起多年前的地球上，有一个地方叫北京城
我在城北东游西荡像减肥药推销员，我像是东北来的郭哥
我在一群业余政客们中间闻到了楼梯间寂寞的黑眼睛的香气，
我毫不在意社会上偶尔露头的平胸粉黛
我在意的是爱？是钱？是酒？告诉我呵
在人间盖楼的四川亲兄弟民工，人生到底是在哪条路上颠沛流离？

无形光阴的书页

海螺把天空吹弯，渔民们也弯着风流的身子划向来世
我却看见毒水母在月下打开自己透明的窗户要和我结婚
我已江郎才尽，灌着黄汤，站在海边等着花下之死

要是有一个贝类中的思妇在贝壳中关起门来
一颗一颗细数自己的乳头，并且数出了香气
迟早有一天她会被自己的味道从寂寞中弄醒，侧着头
用下弦月的梳子把痛心的事情一遍一遍从过去梳回吴淞

我知道，连蛏子和海星都不会明白海底之梦是因为诗人的无限寂寞
花甲、海胆、珊瑚虫和海带仍静静地生活在海底
多少岁月流过啊
我正在寂寞的书页上写下下流的神来之笔

时光的歌榭

我是歹徒，在鸟里当乌鸦，住在喜马拉雅山的羽毛里
我看得见百年前爷爷骑着赤兔马哒哒哒在人间碰运气
我看得见一群兄弟还生活在地球仪上，和动荡的社会待在一起

每当深夜，大眼蝙蝠吊在岁月的窗户上吱吱吱想死的时候
一个兄弟手中的玫瑰就会带来夜深酒吧中的啼哭
嗨！中国的玫瑰之红正在超越一场革命所达到的程度

在初夏之夜，河豚在南方出海口的水面咯咯咯说话
我还听得见在天上，圆月中祖母哄我玩的声音
月亮无耻地照着我的童年，使我脸红
她的秀目也曾照着古代的塔楼，我从那儿悄悄起飞去当一只鸟
花和村庄也正在某个社会分开，花向远方出发后就成了师范女生
被我爷爷在时光中搂着漂进了神话

我爷爷是玫瑰花丛中狂饮滥写的过客
他斜着身子在人世外当差和度假，在孤坟的小窗前写回忆录
他的那些拜把兄弟也在歌榭里搂着后辈烧去的纸扎的小姐唱着永不回
　　头的光阴

如今我降落在现世报的文化里，像个青年教师在午休时踱步

在爱与恨的距离中作着大案，夜间飞回最高的山峰

在月色中叩动生与死的邈远门扉，让兄弟们俯身酒碗时也能听见

月亮在它的圆圈里发出的空空的响声

我在双鱼座上给你写信

我在双鱼座上给你写信
从天上一笔一笔往下写，我是天上的人
住得太高，爱你有些够不着

我看见平原上走过一条很短的命
在被寂寞刻破的北方的平原上
蟋蟀正无休止地拨着情人的手机

初夏午后的天边

蟋蟀在遥远的世界挖掘
挖土里藏得最深的美女
月亮的空壳被扔在午后的天边

有人在北方无休止地翻晒腾格里沙漠
有个声音在城里说："活着没意思，不如去喝酒"
他是我的客户，男人堆里的渣子，女人堆里的王子
一条很短的命，在歌厅里痛快不已

如今东南季风徐徐而来
一份无边的传真
正把印度洋的雨季传往长江以北
在河南，河虾在水草间吃昨夜的星星
吃完后从地平线翻出了天外

新世纪游子

海淀区的上空，天堂是无人值班的信息台
云抬着它们的祖母在暴雨中轰隆隆向朝鲜方向走去
一丝绿意才呻吟着从二十世纪的老棉被里轻轻滑进沿街的服装店
变成了无人注意的中关村的初春
我真不知道这点春光是什么卵意思

但我知道因特网上的春光，打开笔记本，鼠标所指
便见跨国公司们合力修建的通天塔，好陡的天梯，神工鬼斧

我想起银河系里的地球
裹在大气里的地球，看上去就是挂在太阳系上的一只蚕茧

更早，我也曾经想到过：地球这只蚕茧，没有手和脚
它怎么去劳动和旅游呢？这宇宙间的游子

现在我想起，大学里那些戴眼镜的少年
那些小男生常常在服务器里消逝，又在性冲动时找到自己
从梦遗上把自己落汤鸡一样痛苦地提起来
又坐在假金发女模特们的潜水表里
嘀嗒嘀嗒睁着动物的眼睛注视着试卷外的社会

我已大学毕业，染着花发，睁着眼睛说瞎话

我怀疑地球是不是像旅游区那些飘在假苗族风俗中的绣球
我早已下海，天天寻找归宿，天天归在钱上
没有什么傻逼哲学教我，我就已经顽固不化
我在街上走着，常常在心里说道：
高速发展的社会，你信不信
我会走得很慢，像处女夹紧双腿，在胎盘上走

汽修厂纪事

修理厂停着一辆老式尼桑，像一个业务正在午睡
旁边散着几个零件
高速路从丘陵中飘过，又在远处穿越乱世

一辆宝马跑车从眼泪和李玟的歌声中冲出，转眼间
山西来的修理工就看见一个美女坐在一只牛蛙里匆匆驶远

一个经理要驾走刚修好的帕萨特驶往机场——
一小时后，将要从飞机里跳下来三个旅游的傻逼哥们
车载收音机闪着工作灯却非常肃静
像是集成线路的终点有两个穿深色西装的干部在值班
墙角，旧式电视机里，一条牛仔裤正在做爱
做摇滚歌曲里那种令人发笑的爱

2001年孟春的一个中午，时光的印刷机突然大胆地开机
将春天、水果、绿树一色一色地印往京城的方向
高速路从门前呼呼穿过，然后在远方归于不可靠的沉默
仿佛空间在看不见的地方突然进入了终极问题
有人在时间的核心处找到了最后答案，突然又响起了手机的声音

酒醉心明白
——给二毛的绕口令

二毛是诗人的厨子。
诗人是历史的下酒菜

历史是政治的酒水单
政治是人民的酒劲儿

人民是诗歌的厨子
诗歌是文化的味蕾

文化是社会的酒局
社会是民族的账单

民族是人类的餐馆
人类是大地的客人

大地是宇宙的酒吧
宇宙是生命的酒器

生命是黑夜的酒宴
酒宴是诗歌的窗帘

诗歌是酒徒的菜肴

酒徒是二毛的兄弟

二毛是厨子的样品
厨子是人民的亲戚

伟大的厨子在生命的路边店烹饪
看见天地间的酒徒一个个远行
而没有一个他认识的亲戚原路返回

人物记之一

——周墙

徽州人周墙卖掉了产业后
晃荡着有刺青的膀子
把中国很多好玩的地方玩了个底朝天
还约着我和默默玩千县之旅
这期间，他顺带处理一些理想

关于金钱问题，他只偶尔回头看一眼国家政策
事实上，这个国家，经济已经开始悄悄下滑

翻过2010年，世界范围内
左派变得保守，右派却变得激进
大佬们开始学习凯恩斯的思路
认为经济复苏乏力，就刺激他妈的一下
把经济那玩意弄睁开眼
这几年的政经大背景不过如此

我的朋友中，不干正事的人越来越多
但不干正事的人比干正事的人更忙乎
这类人，正在成群地出现
这几年的人事小背景也不过如此

直到2013年，周墙都在这两种背景里穿梭

他一直远离股市、工厂和政府，

君子不立于危墙之下

他相信没有虚拟经济、没有实体

一个傻逼仍然能够半死不活地、半睁着眼地快活

他还相信一个滴溜着双眼斗地主

一个喜欢光膀子喝酒的人

这样的人，没有政府的关系

连个像样儿的股东

连个半拉子老总都做不安稳

这如同古代君子们面临的两难选择

所有有文化有理想的屌丝都必须吟诗作赋

在诗歌盛世，在唐朝，在宋朝

诗歌界流行嫖娼，不管你是真君子还是真小人

不登青楼，基本上不好意思搞创作

周墙知道中国永远不是君子组成的

中国是由甘当小人和仰慕君子的两种人组成的

放眼全球，政治永远只顾眼前

而经济都是建立在对个人财富的无尽贪婪上

周墙认为，这个时代要做君子

得放弃质量，忘掉边界

要绕到社会的外围去包围这个急功近利的社会

有一年，我和周墙飞到海南

借了朋友的越野车环岛旅游
绕过沿途不断涨价的楼盘
我们在蓝天白云下，在环岛高速路上
环绕着海南岛大幅度转圈

关键时候，周墙拐弯开了出去，
我们要找个路边店，每人来十只生蚝

野史之一

——春日来客

隋朝末年的一个下午，山西潞州二贤庄
庄主单雄信骑马出门去东庄办事
窦建德送至门口，站在草棚下打望
他看见一头牛游水过河
远处，一个肩挎干粮、草帽短衣的大汉正向他走来

单家的护院黄狗认为来者不善
远远迎上去对客人乱咬
大汉侧身让过，伸手握住狗腿
将黄狗轻轻挥起，扔进了河中

窦建德看见，来人是他的同乡，名叫孙安祖
早年偷羊被抓，在县衙过堂时不喜欢过堂的方式
就在堂上当众杀了县令扬长而去
此番他远道而来，一路打听二贤庄
必定是要寻找他窦建德、拜会单雄信

孙安祖见面就摊开了他一些想法
他说，历史上最荼毒天下的
先是土木之工，然后是官府的贪苛
这些年也是如此，穷弱者忍气吞声
富足的，也常遇各种借题逼榨

有钱的四处寻找桃源偷乐，寻肥问瘦
有勇的就地隐居市井混日，吃香喝辣
有谋的假装淡泊，看茶问酒
他说，人人都懂美食，人人都是玩家
恍若世上从此以后就是这番光景

那一刻，河水缓慢，鸟声清脆
窦建德也恍然忘记了心中的名利
在桃红柳绿的景色中，他告诉来客：
这里便是二贤庄，然后手指远处说
那骑马过来的，便是单二员外了

野史之二

————远眺埃及

游历第一波斯帝国的某一天
希腊史学家希罗多德远眺埃及
他看见打从法老美尼斯
改变了北部尼罗河的流向
一卷神奇的人间故事就已经在大地上出现

但是，在美尼斯之后，在金字塔之前
埃及大地上前后生活过三百多位国王，在底比斯
希罗多德亲眼看见了三百四十一尊古代统治者的雕像

这个底比斯是古埃及的底比斯
被诗人荷马称为百门之都的老底比斯
也就是当今埃及的卢克索，当时
希罗多德还看见祭司们对着每一尊雕像说了一些话

在卢克索二千五百年前的圣殿里
大祭司告诉希罗多德，这三百多尊雕像
鸟瞰着埃及，时间共有一万一千一百三十四年之长。
当然，那会儿神已经变成人形住在地上了

希罗多德不知道的是，他离开后的第五百年
埃及圣殿里的抄写员大祭司曼涅托

便在他的书中不厌其烦地罗列了埃及史前
各位国王的名字和他们统治的年代

今天算来，那个年代属于史前
不过，现在我们都不在乎那时的神和人了
没有考古证实，不符合我们现在的认知体系
就像在东方，农历里面还勉强记载的一些物事
已经被公认为是神话

希罗多德明白，他的记载
就像我们把明天装进另一个容器里
把它放在一个遥远的空间
那里存放我们不能接近的问题
和我们迟早有一天最想要的神奇答案

如今，我们见多识广，
精进而又务实，好玩的也多得玩不过来
为了省事，天堂我们可以把它叫成宇宙
希罗多德想必不得不同意
阿波罗的战车，如果我们不愿意多想
也可以统一翻译成飞碟
希罗多德想必也无话可说

题李青萍油画《富士山》

看不见人在水边，看不见人在山前
但是，水就在人身边
山也在人眼前

在富士山下
想起了见过的金枪鱼背
见过的金枪鱼腹

在马来亚，也曾有人喜欢过
海胆、鳗鱼和单面煎蛋的舒服组合

水边的人，山前的人
和这些自然界之美的实物
这些原教旨美味
构成了画面之外的延伸风景
距离很远，也很恰当

画中肯定有一些琐碎的尘世中的脚印
从淡到浓，从清新到厚重
隐匿了人的一生
人的一生只有颜色
但人的一生绝不是因为只有颜色

那么，是什么搅乱了颜色的变化
难道是色彩的等级？
难道是线条中的阶层？

其实，画富士山
需要的只是米饭的温度
需要那种足以让米饭变成寿司的
不是你想要就有的那种冷热
需要的只是人的体温
不是某个阶级的冷热
不是某个孤独的人的体温
需要的只是人类的体温

不必再往前追述了
这个作品也可以回到马来亚
一座和人生无关的山
看上去只有一个季节的颜色
而颜色里一直有着太多的辛辣

一座和人生无关的山
可以被画到极致
可以幻化出无穷层次的组合
可以有非常激烈的沉沦感
却没有一个小小的暗示
去暗示颜色的淡与浓或生与死之间的差别
那是因为，你如果明白了人生
就不想打扰一座山的整体感

文字：身边的诗意

口语和八十年代

—— 一代人的成长和一个诗歌平台的形成

我 们

1984年我写作了《中文系》、《硬汉们》、《苏东坡和他们的朋友们》、《毕业分配》等作品，并通过手抄、复写、铁笔刻写等方法随信邮寄给成都、重庆、长春、上海等地几个和我一样在单身宿舍里炮制实验诗歌的朋友，算是完成了这些诗歌的发表过程。

年底，我和二毛去涪陵拜访在文工团做演员的何小竹和在党校当教师的巴铁，并在闹市区街头一个小茶馆里给诗人何小竹、批评家巴铁以及诗人冉冉、杨顺礼，小说家朱亚宁，画家梁益君、钟刚等涪陵城内扳着指头数得上的文化人士朗诵了我的诗歌。其间，我的朗诵一会儿被茶馆里兜售零食的小贩打断，一会儿被门外送表的吹打声干扰，但朗诵很受朋友们欢迎，成功地完成了那个年代"莽汉"诗歌的另一种发表形式。

当时，我和二毛是中学教师，正在火热地实验我们那种幽默、新鲜的语言方式，并身体力行反传统的生活态度。"李莽汉"、"二莽汉"、"马莽汉"、"女莽汉"、"小莽汉"等已被我们彼此当成绰号在使唤，而且，这些绰号已经落地生花到了重庆和成都等地很多诗人们中间。"莽汉"这一概念是1984年1月由万夏和胡冬在成都提出的，主要人物有万夏、马松、胡冬、二毛、梁乐、胡玉、蔡利华和我。其中我和二毛、梁乐是中学同学，万夏和胡冬也是在中学就混在一起的，而我和马松、万夏、胡玉又是大学同学，在大学是一个诗歌团伙，梁乐在重庆医科大学儿科系，二毛是涪陵师专数学专业的，胡冬在四川大学又和之前发起"第三代人"的赵野、唐亚平、胡晓波、阿野等是一个诗歌团伙。也就是说，"莽汉"是当时一个典型的校园诗社互相勾结的结果。成立诗社或流派之后，接着就是和全国各地地下诗人联络交流。复写、油印诗集并通过书信形式寄达别的诗人手中，成了当时地下诗人团队们最重要的交流和发表方式。那会儿，我们仿佛是活动在活版印刷术发明的前夜。

当时，地下诗人们能在短时间内写出很多新奇的诗歌来，并很快通过有别于官办刊物发表的渠道——主要是朗诵，复写、油印、书信，进而传抄和再油印四处流行，其效果相当强烈，诗人们也随时都能看见外地刚刚寄来的令人眼睛一亮的作品，名诗和明星在没有任何炒作的情况下不断出现，胡冬的《我想乘一艘慢船去巴黎》，万夏的《打击乐》，马松的《致爱》，杨黎的《怪客》、《冷风景》，赵野的《河的抒情诗》，于坚的《罗家生》、《尚义街六号》，张枣的《镜中》，柏桦的《唯有旧日子带给我们幸福》，韩东的《大雁塔》等等都是如此，本人甚至亲眼看见上述诗歌在这些作者的名字传来不久，就随着作者本人鲜活的手写字迹出现在某个地级市的一台油印机前。

一种新的写法并未经过报刊和广大文学界的同意就飞快地将生米煮成了熟饭，一种极其新鲜的口语诗歌，在社会还没有看到它们的时候就木已成舟，并且划向了远方。

现在，很多人都承认我的《中文系》是那个时代一首典型意义上的口语诗歌，当然它更是一首典型意义上的莽汉诗歌。因为我们当时希望把诗歌写得谁都能读懂、谁都能喜欢，要"献给打铁匠和大脚农妇"，要把爱情诗献给女干部和青年女工，把打架和醉酒的诗献给旷课的男生、卡车司机和餐馆老板。《中文系》就是献给中文系的学生和老师的，由于它有着具体的受众和对象，成了我口语诗歌中一个早期样本，当时我们对真正好诗的理解很简单却又很复杂：就是写我们在普通生活里折腾的情景，并使用很中国化或很东方化的字词，坚决反对写得像地球上已有的诗歌。我们对现代和后现代那些观念略知一些，但兴趣不大，也在一段时间里学习并相信过，但后来觉得有些腻。以至于到了90年代后，我们如果看见一个诗人还在折腾观念，就会觉得他是小资或中产阶级里的一个文化爱好者和跟风者，看见他很像文化盲流。

"莽汉"这个东西是我们有意制造出来的，在当初甚至带有表演性。它有两个层面：就外在而言，成立流派本身就有表演的意思，我们追求怪异时髦的打扮和行为，到处抛头露面；就写作内容而言，我们写自己读书和工作中的故事，写自己醉酒和漫游浪荡的经历，语言热烈新奇。这些表演性有一个意图，就是要和上一代传统诗人相区别，就是要强调自己从来都不想当文学青年，自己压根就不崇高，很强烈地渲染自己不在乎文化，而自认为是正大步走在创新路上的一拨人，我们正在成为语言的暴发户。就这样，几个刚过二十岁的人凭着热血和厚脸皮提出了粗暴的主张，写出了充满奇思异想的诗歌，开始了现代汉语里面一种最快乐的写作。

其实，就在当时，流派对于我们的创作来说也只是权宜之计，是开路的工具。后来我们也这么认为，一直在搞流派的人要么没打开他的路，要么嫌路还开得不够，还没过足瘾。莽汉主义当初的宗旨只是为了砸烂那些反动的主流文化，并和所有新生的诗歌团体为打倒虚假的文化而一起尽一份力量，用现在的话说是争夺话语权，并从中嗨一把，把瘾过足。不过我们认为流派对于一个庸俗麻木的文化环境来说，它是锋利的武器，它不是艺术本身，它是刺穿让人厌烦的世界的刀剑。

我们和他们

1986年，徐敬亚、吕贵品、姜诗元、曹长青、孟浪、海波等人在《深圳青年报》和《诗歌报》上做的联合大展将全国各地地下诗歌团队展示出来，诗歌方面，以文学杂志为代表的体制化写作在话语权上开始溃散，诗歌的审美知情权由官方刊物转向民间那些自由写作者。那是中国互联网文学的前夜，民间诗歌终于利用主流铅印报刊发起了最后一次起义，这是活版印刷术发明以来、中国互联网文学诞生之前，诗人们对文化的知情权、审美权、发表权的最后一次社会化争夺。此时我们也意识到，我们的流派该结束了。

"莽汉"是80年代最早的诗歌流派之一，在两年后的1986年，我们看见，全国各地已经出现了无数的具有先锋意义的写作团体，出现了很多在文本上有实质性创新的诗人，他们和我们何其地相似！我们已经一起打开了场面，我们已经暴露了，我们已经公开了，我们已经不地下了。

毫无疑问，莽汉诗歌是在与这些诗歌团队的相互影响中出现和发展的。"莽汉"虽然很早就宣布解散了，但是"莽汉"这个词到现在还老是跟着我们几个作者走，这是没办法的事情，它曾经展现的个性太鲜明了。

"莽汉"诗人们一直做的就是"不发表"的诗人，或者说做"地下诗人"的理由不成立以后，仍然坚持拒绝向公开出版的刊物主动投稿，当然，他们的作品在1986年后也出现在像《作家》、《花城》、《丑小鸭》等刊物，这是因为他们对这些刊物的个别编辑，如宗仁发、曲有源、朱艳玲等人的认可。这种现象不仅存在于"莽汉"们身上，不仅存在于"第三代人"身上，中国80年代有很大一批这样的诗人，到了今天亦皆如此，他们的写作基本上还是不理睬官办刊物和所谓的理论批评——长期反权威反传统的后劲还在这帮人身上缓慢长久地起着作用。

这是中国先锋诗歌在那时的一个共同状况，原因是当初我们年龄小，而我们的写作确实太新了。当时朦胧诗已经全国普及，我们却意识到我们那会儿正好与社会美学靠不上谱。但我们相当自信，因为我们已经形成了无数的诗歌圈子，圈子和圈子交叉的地方，已足以达成我们所需要的实验交流。

80年代的诗人们在写作上的一个主要特征就是用现实生活中的口语进行创作，因为我们相信好诗都诞生于生动的口语。我们认为，唐诗是用唐朝的口语写的，宋词，虽有更多的规则限定，但在字数、平仄、韵脚的限制之中，苏东坡、李清照们仍然写的是宋朝的口语。而明清诗人致力于写得像唐诗，大都装成李白、杜甫或者王维等模范诗人在挥毫，忽略了他们自己生活中的口语现实，把李杜王当祖先供着其成就也不高。我们认为，宋以后的那些诗人基本上白混了几百年日子。而明清的小说家和戏剧家由于前面没什么小说和戏剧成规，完全融进了口语世界里去写作，反倒成就就很大。现在文化界写古体诗的青年学者，我们基本上认为这种诗人可以押到旧社会去劳改。

当时，我们刚进入社会，很快就明白，咱们生活中难道不是用口语在思考吗？我们爱一个人难道不是在用生活中的语言在爱吗？如果用书面语去思考，或者用某种书面语去追逐一个女人，这个女人可能都会觉得不舒服吧，她会感到这个朝代谈恋爱怎么越来越难，怎么还用七律和西江月来追求老娘？我们曾相信我们的上一代知识分子中的一些人会用一种西化的翻译过来的文学语言或哲学语言去和一些女子交流甚至耳鬓厮磨，最终使得有的女子变成了老处女有的变成了破鞋。

如今，刻意用某种翻译过来的像诗的语言模式去写作，和现在专专心心写七律一样，我看到二者的差别也就是五十步和一百步。

诗歌肯定只能用当下口语去写，当然，是80年代至今、社会生活中普遍交流的那种语言，并且还得是每个诗人自己找到的那种口语。

早在1982年，"第三代人"就在四川大学、西南师大等大学生诗人们的交流中被提出来了，万夏、赵野、唐亚平、胡冬等是这些人中因其后来的诗歌创作而留下来的几个名字。真正的口语诗歌的兴起不会因为一两次大学生诗人的聚会就成为一种写作现象，而是一代人在他们的青春岁月，热情洋溢，勇于破旧立新，在饱读诗书之后对中国文学的重新发现。

随后的几年，我们遇见了更多的诗人，按当时的习惯，会在这个诗人名字前加上不太确切的地理标识，比如：上海的默默、郁郁、孟浪、张小波、宋琳、刘漫流、王寅、陈东东、京不特、冰释之、陆忆敏；南京的韩东、朱文、于小韦、海波、叶辉、小君、小海、闲梦；东北的郭力家、邵春光、苏历铭、潘洗尘、宋词、朱凌波、张锋、卢继平、方子；西北的丁当、封新城、杨争光、岛子、沈奇；重庆的张枣、柏华、尚仲敏、王琪博、燕晓东、敬晓东、付维；北京的海子、西川、黑大春、莫非、树才、阿吾、大仙、阿坚；安徽的曹剑、丁翔、周强、北魏、郑小光、铁流、岳金友；武汉的野牛、野夫、罗声远、张辉；浙江的梁小明、孙昌健、金耕、余刚；四川的杨黎、何小竹、蓝马、周伦佑、小安、刘涛、吉木狼格、翟永明、欧阳江河、钟鸣、宋渠、宋炜、石光华、刘太亨、席永军、张于；苏州的黑泅；香港的黄灿然；云南的于坚、海男；福建的吕德安等等。而《深圳青年报》、《诗歌报》大展上面所展示出来的流派则更加的丰富，相当的花样百出：四川的"非非主义"、"整体主义"、"大学生诗派"、"流派外离心分子"、"四川五君"、"自由魂"、"野牛诗派"、"新传统主义"、"莽汉主义"、"群岩突破主义"、"新感觉派"，江苏的"他们派"、"阐释主义"、"新口语派"、"日常主义"、"东方人"、"呼吸派"、"新自然主义"，上海的"海上诗派"、"撒娇派"、"主观意象"、"情绪流"，北京的"情绪独白"、"生命形式"、"男性独白"、"深度意象"，吉林的"迷宗诗派"、"八点钟诗派"、"特种兵"、"超低派"，浙江的"地平线诗歌实验小组"、"咖啡夜"、"极端主义"，安徽的"世纪末"、"病房意识"，福建的"超越派"，广东的"现代女诗"，黑龙江的"体验诗"，湖南的"裂变诗派"，贵州的"生活方式派"，河南的"三脚猫"，云南的"黄昏主义"等等。这是历史性的，可以说，这是历史的选择。历史选择了这一代人，而这一代人在乱七八糟的探索中最终选择了口语诗歌的写作，当然，这一代人并没和历史商量，也没在那个时间段相互商量他们的文化取向。

他们和他们

在80年代我们写作那种比较新鲜的口语诗歌的时候，我们之前的所有白话诗歌都已不在我们欣赏和阅读的范围，仅以四川的"莽汉"、"非非"和"整体主义"为例，他们主要热心于阅读西方后现代和中国同代人中最新的作品。倒不是说我们当时坚信我们摸清了新的路数、掌握了诗歌新的秘密，我认为这有个即时阅读（或当下阅读）的兴趣取向的问题。这使我想到我们后来的诗人比如80后、90后，现在在极可能不愿意深入进我们的诗歌，因为时间太近，生活观念反差又那么大。这种情形甚至可以放到普通读者层面来看，比如，对中国当代诗歌，普通中国人基本上会持怀疑的态度。更甚者，一些和文学这个概念沾点边又敢于发表文学见解的人，一有机会就会表态否定当代诗歌。——我们不能简单地说他们是当代诗歌的外行。事实是，这些人中大部分最明白文学的人在当代诗歌的阅读上，基本就读到朦胧诗为止，更多的恐怕他的诗歌知识还是徐志摩、郭沫若、穆旦那个层面。然而，这个层面仅是经时间沉淀后能给他们看得清楚的那一部分，但他们会认为自己也从事文学，比如大学教授，就是我《中文系》里的那种辫子将军，还比如年轻小说家或写随笔的写时尚小品的，都以为自己也写东西呢，肯定是文学这一块的人。他们可能随时、随意地发表担忧新诗前途或否定新诗成就这样的见解，这不是因为他们主观上拒绝当代诗歌，而是因为他们缺乏一个基本常识：他们不是个中人，他们既在场而又完全不在场，当代诗歌对他们来说近在眼前其实又远在天边。所以，时间和空间还没有给他们阅读和认识的条件。

其实，诗歌的阅读和认可从来都有滞后的特性，人们只读前朝诗歌，只了解和认可定性了的前朝诗歌。所以对读者来说，不管他多聪明、他是几级作家、几级教授，他只要不是当朝诗歌中的参与者，他就只是一个普通读者，他对诗歌的了解也比普通大众的程度高不到哪儿去，他最多只有机会阅读当代诗歌的部分或个体，他们不可能窥一斑而见全豹。诗歌阅读最伟大的那一扇门只能由时间来打开。比如，唐初的文人雅士对魏晋南北朝的以四言为主的诗歌了然于心，而对正在形成的新鲜的唐诗，唐初大多数人是视而不见的，陈子昂和唐初四杰的意义就在于最终他们以较短的时间让当朝人认可了这种新诗，盛唐李杜他们也不是盛唐文人都知道他们优秀，那些翰林院的、那些进士和各地官员都写诗，但他们主要感兴趣的还是建安和竹林等前贤。李白、杜甫、孟浩然等一帮桃花体、秋风体、自然派等唐朝口语诗人更多的也只是互相欣赏，知道他们创作特性的也就是那个时代庞大文化平台上不多的小圈子，大部分的文人还在欣赏三曹或者还在模仿大业、贞观年间那些宰相诗人们的写法。尽管李、杜、孟等的诗有时也变成了当时歌坊的卡拉OK在流传，但流通的渠道并不是我们后来所看到的那样开阔。所以，出于阅读惰性或文化本身具有的遮蔽性，当朝大多数文人主要还是只会欣赏上辈和更上一辈的作品。宋朝也是一样，明清就更不用说，普通知识分子大多感兴趣的和能够讨论的还是唐诗宋词。胡适、郭沫若他们干新诗的时候不知让多少写时尚小品、写鸳鸯奇幻小说的，不知让多少文学爱好者明白不过来。

通常的情况：最先进的文化需要一段小小的时间与生活磨合才能被生活认同并引领生活，最前卫的诗歌、艺术也需要一段小小的时间与社会审美挑衅才能被审美。所以我相信，我们今天这个时代诗歌离普通读者较远的情形是正常的，80年代及以后的诗歌回到了诗歌创作最应该回到的正常位置，它现在的作者圈子和阅读圈子之间的大小是匹配的。

我认为诗歌的阅读和评价需要时间上的距离，太近了，会让人产生像老花眼那样的感觉。当然，我对80年代诗歌的评价可能有着我特殊的个人角度，由于我身处其中，在它实验的内部，我还不光是老花眼，我还近视，近视眼在观察事物时或许有过度聚焦的成分，不过，由于我的角度既远视又近视，或者可能获得望远镜的视野。因此，在我的视野里呈现出来的是：由朦胧诗肇始、在80年代成型的口语诗歌是宋词之后又一个汉语诗歌生长的巨大平台，在今后的几十年内，加上更多更新的诗人们的加入和探索，这个平台会给中国文学史贡献群星璀璨的诗人群，其可能留下的遗产是很多优秀诗人和式样繁多的经典诗歌，是唐诗、宋词之后的中国文学史上又一次历史性的繁花似锦。

写于2013年春，修改于2014年春

黑道诗人

我有不少画家朋友，前些年都不知蛰伏到什么地方当啥生物去了，这二年却又拿起了画笔。其中也有不太老、牙还齐的光头蝈蝈、长发蛐蛐连画笔都不用拿，便直接干开了行为和装置。

我的不少诗人朋友们这二年也有往画家行当里乱挤的，当然，大部分人，人家本来就是诗画双栖的货色。这中间最让我觉得事儿大了的倒还真有几个。

我这就先从王琪博说起。

王琪博画画，画了两个多月，疯狂地弄出了几十幅油画，并且都以几万元的价格卖掉，卖得一张不剩，想要收藏的藏家，只有等着。这是我见过的诗人画画最直截了当奔利润、最快刀最乱刀杀藏家的一个人物。这样的产销速度，超过了朦胧诗人老芒克刚下手画画的那光景。

我不是说今儿个艺术界来了个未来的大东西，世上没有一两个月功力的大师。如同当官，在咱们中国大多数人也要一步一步爬，哪怕真是个天才干部，也得直到心血管或生殖系统有点不怎么灵了，高级别位置才会有得坐。总之，当你可以穷奢极欲的时候，你的享乐能力大凡已不逮，好多事情干不爽了、没兴致了，只剩下在高位接着干钉子户的兴趣。王琪博来了大概也不例外，在艺术这个遍地钉子户的新工地上，他也正一步一步往前挤着。

只不过王琪博来了是一个标志性的问题，因为他不好好排队，他不是正规军。这如同在干部队伍里，有一天来了位没有上级、也根本不把自己当下级看的家伙。

正规军里大伙儿都知道谁是谁，都不愿得罪人，都特害怕大人物，狐假虎威的人特多。见人说人话、见鬼说鬼话从来都是新中国文艺圈子的基本语法，这样的话语方式要产生真革命比太监过性生活还难，往往都假干几下，说是新潮了、运动了，就全面承认说玩出了新东西、说诞生了新艺术，最后便一边论资排辈一边看西方审美脸色，勉强承认几个差不多快熬残废了的哥们当假老大。

诗歌界也是如此，只不过诗歌入门门槛低，而且又过瘾又不花钱。不论政客、经理、教师、留级生，捡支圆珠笔折腾几天就可先出作品，再抓紧补点功课——读几本西方后现代作品，让自己在句法上像西方大师——最关键的是为自己的意淫找一两个西式说法，把"后现代观念"像二奶一样撂在作品中，然后天南海北跑勤些，折腾笔会，办点所谓卵民刊，冷不丁还能混出大师样来。

诗歌界老早就比艺术界人员复杂，人员复杂林子就很大。

革命之类的事，历来是小国小打小闹、大国天翻地覆，艺术界小打小闹了两下，大师和跟班们（老虎和狐狸们）就有大局已定的感觉了；诗歌界在当代的新潮和运动是多次的天翻地覆，天翻地覆后都是复辟。尽管如此，仍是谁也不服谁，可值得注意的是，诗歌这片林子里的鸟儿很多可是成了精的，是经验丰富的革命者，有很多视格瓦拉为粪土的，他们画画，艺术界得小心了，他们有的为钱而来，有的为当格瓦拉而来，有的更是为了当卡尔·马克思和列宁而来的，有的更过分，只是玩厌了诗歌、侧身把艺术当文化大烟来过瘾的。

这些从外面来的生客基本套路是不讲章法，主要动作是霸王硬上弓，他们会拿着砖头把假钉子户们拍下去，他们没有上级，也从来没把自己当过下级；他们没有老师，也压根不会把自己当新人。他们本是老魔头，今后自己也不会当钉子户，他们只是来拍钉子、拔钉子，来折腾和忙乎的。

　　我的意思其实就是说，从另外一个世界来了很多瞎折腾的人，来了成批成块的不安定因素。现而今，艺术家中本来好多人都只是冲现钱来的，他们中很多人基本上不知道艺术女神的眼神在哪儿闪烁，也埋头励志自己来当艺术家，其实很多人最多适合去当水泥工和白案厨子，现在诗歌界和艺术界每个人都装着自己是个大东西，其中就有这些工种的朋友，原因是这些个行当太好装大师了。当然真艺术家是有的，只是装大师的太多，把真的拉平了，把真的装没了，上过几年美术学院的杂工们装大师把真艺术家差不多装成了脸青面黑的矿工，且差不多都像吸着了瓦斯的。

　　这些从诗歌界来的伙计们能不能打倒艺术界的假偶像们呢？我认为这倒未必，但扰乱、分化、反叛甚至引发真正艺术革命的可行性是有的。王琪博一个多月的作品，毛病肯定很多，一年两年的作品肯定也不成熟。但我认为艺术要的就是月黑风高的冲劲和远方来客的陌生味儿，艺术没有成熟一说，艺术家没有成熟这一标准，把成熟当标准准定是骗良家妇女和小青年的。

　　后现代早就成了个艺术老太婆，中国的一些二把刀艺术家还都在争着追求。不想追求的也都只有徘徊在哈姆莱特活着还是死去的空间里，我真想看到这些外来者能不能折腾出新空间来，哪怕折腾出个艺术大郊区来，也好从新搞开发哩。

　　诗歌界也是一样，早些年，诗歌界被很多诗人称为江湖，两三年前王琪博探头进去看过几眼，江湖倒可以称为江湖，但是不见人物，有几个，整了些学生、徒弟勉强互相恭维着，像某种类型人物，王琪博就转身走了。

　　王琪博本来可以算是一个人物，但他一直站在诗歌江湖之外，基本上在现在成了个诗歌生客，只有80年代的默默等那一拨老人儿们才知道这人曾经是个魔头，而今他与艺术界是连转弯抹角的亲戚也靠不上谱的。他肯定是看见了后现代已经不水灵了，很多艺术家肯定也看见后现代老了，但多少真资格的才子是否由于他们身在其中，而不知所归呢？

80年代在重庆大学和尚仲敏、敬晓东等发起了名噪一时的大学生诗派后转身离开，王琪博开始了他真正的江湖生活。黑道折腾，赌场聚赌，在金三角放完高利贷后坐在掸邦的草屋边写诗，如今莫名其妙拿起了画笔。所以，我写这文章，至少是为了自己，从我自己艺术的角度告诉自己，王琪博们来了，得注意这些哥们。

因为我知道，他们和这之前在场的艺术家不一样。我不知道王琪博将归向何处，但我清清楚楚知道他从哪儿来的。现在很多人强调现场、把在场与否说得很重要，我很不屑，我认为这是后现代不成器的老孙子们的狡辩。艺术要的是天边来的那种陌生味，要的就是经验和学术的城墙通通挡不住的生猛劲。

撒娇诗人

在朦胧诗之后，默默算是新一波诗人里面最早进入先锋诗歌写作的人物之一。

六十年代出生的这拨诗人，在八十年代初开始秉承朦胧诗对主流写作的背叛态度，但又不跟随朦胧诗的写作轨迹，他们各自拉帮结派、占山为王。那个时候，默默和他的盟友京不特、孟浪、胖山等玩的帮派叫做"撒娇"。默默玩得早，到现在也还在玩这个，算是老人级的了。

但默默喜欢凑热闹，喜欢赶时髦，这是他的天性。这样的天性使得他常常要去新的领域折腾，并四处掀起风波。

因此，他既是老人物又是新人儿。正如朦胧诗流行那阵他投身诗歌创作，后来小说也热闹起来时，他又写起了小说；电影观众很多的那阵子，他还写过电影；再后来，房地产开始发烧，处于炒房前沿的上海滩，又能看见默默领着几个小弟做地产策划的身影。

这些年，默默又开始搞艺术实验，这一实验就是五六年，看来这次默默投入的精力较大、进入得也很深，从他的几次展览可以看出，他从创作的角度到观念的裁剪都出手很稳，成型的作品相当可观。不过，他自己好长时间都不知道怎么命名这些作品。有一天，我和他在西双版纳碰上马原，马原一句话就给定了名字，叫默默视觉艺术。

他用相机拍的是什么呢？我认为他拍的是汉语诗歌：默默把他的作品打印出来并挂在墙上之后，我们看见的是久违的中国诗歌传统的意象，而且还是激荡着当下气质的。前不久，我在成都的一次诗歌讲座中，索性将默默这些作品临时称呼为图像诗歌，正是基于他既有传统根脉又富含当代意义。这些作品也被艺术策展人海波描述为"一系列惊世骇俗的观念摄影作品",并说默默的这些作品"仿佛使我们又退回到摄影术将要被发明又未被发明的那混沌一刻"。如此严重!仿佛要让刚领略了默默图像艺术的人回家沏茶点烟、闭门思考。

默默涉及了很多领域,用"多面手"这个词不能严肃、高规格地反映默默的探索深度和思考广度。这里,我还是愿意先从诗歌入手——我相信,在诗歌现场里厘清了默默的诗歌气质,必然就能瞥见默默这只全豹,遑论其艺术行径?

在诗歌这个场域里,一个诗人的创作生涯,大体上会践行如下走势:

诗人在其诗歌创作的起步期,大都是通过感觉写作,这和美术生经历了基础训练后立志要做艺术家时的起点是一样的。这个时期可以叫做冲动期,这个时期的诗人很自信,常常以为自己在一年半载后就会成为优秀的诗人。事实也是如此,在这个时期,有的诗人很幸运,他能写出非常棒的作品,写出诗人自己终生都难以超越的作品,甚而,写出他那个时代都没法超越的作品。没办法,这就是诗歌的特殊性,英雄出少年。

诗人进入中期写作时,我们常常可以看出,他正式开始了模仿大师、学习大师的过程,这也和专业的艺术家们的历程相仿。这个过程有时非常漫长、非常痛苦,中外历史上很多头发花白的诗人就一直在这个过程中蹒跚。这个时期可以叫做练习期,这个时期的诗人,有了一定的声誉,他一会儿自大、一会儿心虚,不得不为自己找理论、设原则,并且,长期在自己设定的模式里创作和思考。这个时期的诗人有一个明显的特点:非常依赖阅读,长时间地被相关领域的知识和文化镇住了,非常不喜欢别人对自己做严格的评估,自己也不敢对自己的创造力做自我测试。

终于,有一小部分人从这个时期走了出来,离开了上面所说的练习期,进入了第三个时期,这个时期可以叫做创作期或创造期。这个时期——它和诗人（或艺术家）的年龄没有关系，他可以很年轻，也可以是渊博的老手，此时他基本上明白了创新的含义，人类的知识、文化和文明在他的视野中有着比较清晰的呈现。他基本远离了同领域的阅读，也就是说，如果他是诗人，他基本上不读文学类书籍；如果他是艺术家，他也差不多远离了艺术类读物。他的阅读基本上和他的本行毫不相干，他的写作也比较自由了，他已经没有任何模式了——偶尔也会有模式——那也是他自己临时创造出来的，很快就会被他自己打破或抛弃。

默默很另类，上述三个环节他三不靠，也可以说，他从初出茅庐至今，随时都穿行在这三个环节中。金庸的武侠中有个段誉，高招、低招都可能出现，他自己无法控制。默默则不是这样的，默默没有低招，他每一招背后都有转弯抹角的自我控制，有他隐藏着的思想来历，有他轻描淡写和毫不经意的盘算。

默默的诗歌创作从来都没什么约束，他现在的图像艺术也是这个路子。很显然，咱们这个时代，诗歌学习西方已经学习一百年了，很多诗人已经完全接纳了西方式的文学史，并被西方文学观套牢了创作方向。默默也很在乎西方文化的史学方法，尤其熟谙左派们的史学观，但这些东西被他的感性消解了。他承认它的存在，但否定了和它的必然关联，并且，用否定法则进行着自己的创作实验。以前他的诗歌、现在他的图像艺术就是这么创作出来的。

在默默的诗歌和图像艺术中，我们看见他一直在讲述，他的讲述有形有范，但他讲述的口气，却又使得他讲述的那些思想和见解显得无足轻重。这是很另类的润物细无声。

默默的思维也是向四面八方辐射的，以至于在他的作品中，他的关于社会、人类、文化等观念的铺排和推动，经常被他九头怪一样多维的思路搅得四下里没了一丝儿踪影。最终，他又安排他的思路从很多方向返回来，在具体的作品中摧毁了自己的学术性和经典性。

默默因此显得在语言上非常无意识，在文化上非常不规矩。以至于——由于他在作品中对文化的若即若离、对结构和意义的漠视、对文学责任感的冷淡，我国的媒体、批评家都在最近几年悄悄疏远他、逃避他。是的，默默的创造天性和无形招数，使得他在普通的知识分子眼里像是一个并不打算成为大师的人物，他让他们非常遗憾，因为大师需要制造很多学术来支撑，而默默好像从不打算进入学术，不想进去哪怕坐一袋烟的工夫。

但是，也有一些眼尖的人偶尔会瞥见，在学术的附近，默默一直都存在，像一个惹不起的邻居。

这些年，很多本来与艺术关系不大的人士涌入艺术这个行业，用搞设计搞装修的手，用做业务搞开发的思维，用投资理财、招商引资的行为方式进入了艺术创作，并直接使用商业上的成功术进行观念复制和符号投机——是啊，投机分子们成群结队地来了——默默在此时出现在展厅、画廊，有点像退休大叔们胸前挂一相机出现在热点景区，他是不是也有投机的嫌疑呢？

事实上，默默并没把自己当艺术家，他也知道没有必要把自己当艺术家，正如很多艺术家把自己当匠人、当学者和思想者一样，默默有他自己的定位。目前，他正在做图像艺术，但根据我的观察和理解，他一直是一个远离热闹场所的人物，哪怕他全心全意在从事艺术发现，他也不会太靠近那些地方，独立和感性，使他看上去也是艺术的邻居。

这就是默默，他的热爱，基本上属于随机，而不是投机。想起他先前也做过小说、电影的邻居，就不由得让人想起，他和这个社会，也只不过是邻居关系。他是上海人，却更像上海的邻居，并且不住在江苏，他长期生活在云南，只像是云南的邻居，也并没有住在贵州。他和这一切是互相"看见"的关系。

默默非常好吃，是最贪吃的高血糖患者，他和美食，曾经形成了一种相互吃的关系，现在也做了和睦的邻居。由于身体原因，他和美色，也基本保持在"看见"的骨节眼上。他是一切的邻居，但在思想、尤其在行为上，他一直在尽主人的责任。

但是，默默一高兴一抬腿就会直接去别人家里，也会一高兴一抬腿就进入别的行业，他从来不走"后门"、也不翻窗户，他想要进去就直接进去了，像崂山道士。如果全世界的诗人、艺术家都像他，这一块、这个局部率先进入共产主义就不太费劲儿！

2012.8.14

厨子诗人

　　二毛是我最早的酒友之一，他喜欢下厨烧菜，还喜欢在街头巷尾发现特色菜品，尤其对民间那些藏在檐下地角的原生态食材具有强烈的好奇心，是我酒友中在炮制下酒菜方面有着最多实战经验的人物之一。

　　大学时我就喜欢上了喝酒，而且酒友发展极其迅速，我结交了胡玉、万夏、二毛、敖哥、马松等人，大家经常一起东游西荡、写诗喝酒，很快就过上了诗酒风流的快活日子。我经常说：我们这些人是因为很多个共同目标走到一起来的。

　　那时我们都很穷，倒吊起来也敲打不出几个子儿，对下酒菜没法讲究，想要喝酒时，我们有时会模仿阿尔巴尼亚老电影《海岸风雷》里的叛徒老大的台词："他妈的，穷得连根上吊的绳子都买不起啊。"下酒菜很少，但胃口好，对于菜品，我们的口头禅基本是"只要能下酒就行"。那时我的朋友中，马松对下酒菜的底线是：起码要卤猪耳、豆腐干和花生米。二毛则在此基础上增添了两个菜：凉拌菜和回锅肉，他认为这样才可以酒足饭饱。二毛要把我们往小康方向带，要我们和国家一起迈开羞涩的步子往前走。

　　后来酒友遍布五湖四海了，下酒菜也多了起来。我们发现，酒友里面也分成对下酒菜讲究与否两种生物。不讲究下酒菜的朋友在我们的友谊中一直显得扑朔迷离，这样的哥们，我们不抛弃，但也不挽救，我们有时也会在酒局上不离不弃地发出亲人般的呼唤。但这样的人如果组局，且还不知己知彼地呼唤我们赴他那酒小菜少的局，那就跟社会呼唤失足青年一样，听到这样的叫桌，我们耳朵就不怎么好使，我们会装聋作哑朝别的方向走。我们是酒中浪子啊，没舒服的下酒菜我们没法回头，没法金不换。在酒色攻心的青春岁月，我们别的谱摆不起，但我们拿稳了吃喝上要做自己的主人。

有一年，我和二毛、万夏、何小竹等在涪陵杨顺礼家起火烹食，大家各展才艺，拼菜成局。惟杨家有一坛精心护理的四川泡菜雅丽俊俏、可口绝伦，为大家所赞叹不已，这大概也是二毛在其后来的庖厨生涯中，非常重视用四川泡菜调味的开始。很巧，第二天，杨顺礼的朋友陈乐陵从重庆来看杨顺礼，大家见面认识后，陈乐陵从挎包里拿出一把又大又长的菜刀进了厨房，很短时间就给大家做了一桌下酒菜。出门访友也随身带着自己顺手的厨刀，这让二毛既吃惊又佩服，以至于二毛后来常常感叹：美食在民间，民间有高人。

我常常翘首而望二毛的酒局，我那时还是单身汉，在人生的路上吊儿郎当。人家二毛下手快，娶妻成家、当炉庖厨一气呵成。二毛爱酒好客，家中桌边常常有一二位咂小酒的客人，原因是其桌上天天有三盘四碟。二毛喜肥糯好醇香，和我算是一条食物链上拴着的蚂蚱，我们有着原材料上的崇低理想和对白酒、黄酒、洋酒、啤酒爱憎不太分明的修养，我们对酒菜没有营养上的追求，只要是好味道就叫端上桌来。

现在，二毛一如既往喜欢整饬下酒菜，舞刀弄勺多年，差不多算是成了精。但他和川菜酒楼里的大厨颇有分歧，二毛的底子也是川菜，根据我的观察，二毛从不认为麻辣是川菜的灵魂，二毛对麻辣看得不重，常睁只眼闭只眼，他认为麻辣是川菜的外衣，有时更是川菜的虚荣心。二毛看待川菜像学者对待注释，喜欢追根溯源，喜欢寻找口感上的原始动力。二毛非常不喜欢流行菜式，他认为那是没头脑、没见识的烹饪新兵们玩的把戏。他对豆瓣、豆豉、泡菜、榨菜在烹饪中的穿梭和停留青眼有加，对腌、鲊、风、腊、熏、酱等民间美食遗产也颇有心得。

不久前的一天，我在重庆上清寺一小巷餐馆吃烧菜，听见该店老板吩咐厨子做红烧肉不要放辣椒，厨子却坚持要放辣椒，争执不休，老板上火了，只得质问厨师到底谁是老板才作罢。这使我想起一次相同的情形：在成都郊区一农家乐，烹灶边上有一桌美女客人向厨子提出了部分要求：首先是不要放味精和辣椒，厨子勉强答应了。美女们进而提出不要放花椒，厨子不太同意，在灶间抬头认真地和客人商量，说应该适量放一点，否则不香，表情非常不高兴，在美女们坚持下也只得同意不放。没想在菜即将下锅前，一美女又用低沉的声音提出了最后一个要求：豆瓣也不要。这下厨子忍无可忍，把炒勺往锅里一扔，不做了，还叫嚷了一声"你们自己来弄"。

　　世上七十二行，烹饪行业最是顽固保守，天底下的厨子大部分都很固执，对师承非常忠贞，对调料更是钟情。二毛没有清晰的师承，其烹饪招式来路复杂，有迷踪色彩，但他毕竟是厨子，固执、忠贞、钟情的特点通通不缺，不过在我看来，这一切都仿佛是开了窍的，是被饕餮之神特别加持了的。一个来路不明的厨子坚持自己舌尖上的感觉，正说明他在口感上有特殊心得，他的固执就形成了他风格的菜地，他的忠贞就形成了他味觉的窗户，他的钟情就形成了他面前的下酒菜。如是而已。

我的金属　我的植物　我的乡愁

——宋庄画家李放的德行

认识李放的作品，是在2006年从他的《憨痴的幸福》和《诱惑的意象》两个系列开始的，其中还有他参与和践行过的一些行为艺术，可以说，李放的作品都有着深层次的个人内心琢磨。尤其是，到了今年，他创作出来的《我的金属，我的植物，我的乡愁》系列，其个人体验越发深邃，单色调和孤单的物体落实在画面上，冷淡而又销魂，令人黯然、令人忧伤。李放的这种接近物理上的深邃，并不是源于他对于现在——后帝国主义、后资本主义、后工业社会生活背景的靠不上谱的多情，相反，他是冷冰冰的，有一种转身的姿态。这种姿态，说实话，我只能就事论事地说，是一种走过金属（工业、商业）进入植物（农业、乡愁）出现在东方（当代、现在）的艺术状态。所以，我认为，今天的李放不仅仅有独特的个人艺术体验，他还非常清醒地知道后现代艺术在中国的问题。

现今，中国的艺术家、诗人们，都非常明白西方后现代文化已经在中国落地开花，并且长出了各种各样时髦的物种（小说家和写散文的始终还没明白过来），中国当代有一点理想有一丝自信的艺术家、诗人都知道，后现代意识、后现代观念非常重要，这中间半傻不傻的人都明白如下一条真理：现而今，后现代就是一条成功、赚钱的康庄大道，而且几乎是唯一的一条路，至于其他观念，尤其是传统手法，那差不多都是边沿化操作或乡下人把式。所以，不在后现代这条路上奔走，绝对不能成事。这和做生意的想要搞大，如果不和政府合作、不和高官打交道那就是自甘做小商小贩一回事。

中国诗歌界近三十年来，很多人一直刻苦模仿西方现代派后现代派作品，这帮人现在头发开始花白了，但他们仍自信地等待一个结果，那就是他们的山寨文本能成为中国当代的文学标准样式。假的变成真的古往今来都是办得到的事情——当然，前提是真家伙不要出现。事实上，中国当代文学全靠这些山寨作品，它们从"文革"结束开始，快速地，而且是真实地推动了中国文学的发展。就如同山寨机推动了中国各种电子产品的快速发展一样。目前，中国靠前的那部分当代诗人相当自信——就是国外的真家伙们来了也不怎么怕了。

而中国艺术家——大家都知道，更是有过之而无不及。观念——西方的——当代的，这就是创作法宝。百年来，中国知识分子刻苦学习西方哲学、消化西方思想，干了几场大的革命，到今天，仅艺术革命这一块，已经可以浓缩成两个字了，那就是"观念"。

于是，在艺术家、诗人们手里，鲜艳的观念会被他们在作品中表现出来或者安装上去。然而李放知道一个非常实在的道理：观念很重要，但不能解决作品的最大、最浅白的问题，那就是好与坏，或者，让人喜不喜欢。是的，观念这玩意儿，更不能解决作者和作品最终极的问题——你是不是得到了创造的真谛。观念已经变成了很流行的赌具，变成了骰子之类的玩意儿，艺术家们摇来晃去地甩骰盅，希望骰盅揭开的那一天，他的观念能支撑着他的作品站起来去大把地兑现，希望他的作品屹立在小姑娘门前、屹立在大钱中间，尤其是屹立在艺术史里面。李放却不相信这些碰巧的事情。

如果说，观念能在作品中与智慧巧遇，那就是苹果掉下来砸中了一个人，这个人也正好是牛顿。换句话说，观念能引导作品去巧遇智慧，这必定是在另一个平台上。在这个平台上，一个有天赋的艺术家，辛勤创作，反复实验，有一天他找到了自己的新奇的语言，这个语言后来真成了它自己的观念。

李放的这些有软金属气息的系列近作，在画面上被直接赋予了东方内核，但金属的外表却很自然地有一种挣扎的硬，这些硬的挣扎，意味着软化、屈服和寻求合作，类似碰上了不好盘活的物业、推不动的婚外恋或者难以签字的虚拟交流。

挣扎，意味着欲望强烈但无从下手，打个邪门一点的比喻：既不想强奸，也并不想克制。这样的挣扎离开画布、离开我们观赏的视觉之后，悄悄地，却有一点成就了雌雄交融之好事的意思。因此，我认为，画布上金属的软是心满意足的。

我个人理解：画布上的硬可以理解为是这个时代的性需求，赤裸裸的不要白不要的性爱观。这个时代，艺术和商品一样，它可以不高潮，但不能没有引诱，这和我们人的秉性是多么的一样啊。所以，从这个意义上讲，李放的这批作品很天然。然而，资本主义、虚拟经济、左派或右派、政治仓位、经济头寸、恋爱上的多头空头，一切都是明目张胆的诱惑。它显得我们的生活中——那些坚挺的性和疲软的爱，活像我们的GDP和钱！所以，画布上硬和软的互相融合，软硬一体，也是科学的。是不是真科学，方舟子等实在无法下手查证这一块，因为里面处处都有人性。

谈李放的画，我开口就是打性比方。难道李放的作品里只有性吗？是的，只有性，而且只有一点点性，或者说，只有性的一部分，甚至，看起来，作品全部都像是性的前戏或前前戏。不过，后戏是你欣赏完李放作品后的自由发挥，它甚至可以延伸到你饭后茶余的自我作践或胡作非为。

李放的作品实际上走的也是东西方结合这一半新不老的路子。但这条路上走的人，多半结合下来——东方还是东方、西方还是西方，或者半土不洋、假洋鬼子。李放干得不错，东西方观念真正搞在一起就没有了祖国，没有了不列颠和元明清，没有了狮心王和宋徽宗，也没有了毕加索和王国维。

如今，东方就是全球化的工业垃圾场，也是全球化的文化垃圾场，后者是前者的配置物业。李放的这批作品就是中国这个、北京这个垃圾场——这个永不打算处理的垃圾场上亭亭玉立的欲望之花。它是性欲，同时兼具了经济之软和政治之冷的气质，还有，我们当代人生活中下身的湿和心态的硬。

乡愁太远，投过来的是冷的软，冷的美。这些植物，仿佛是我们性生活的路上，或者我们灵魂回乡路上开放着的好心眼的金属！

荷花、翠竹这些美丽的植物，最早就生长在中国最灿烂的文化里，它有时在楚辞里一枝独秀，常常在唐诗里遍地摇曳，有时在苏轼的府邸里想出墙，有时在李清照的后院里想叹息。如今，它们开放在2013年——它们开放在GDP的洼地里，开在雾霾中，这些可爱的令人往温柔方向遐想的植物，在李放的画布上，怎么看着里面都有古今男女们螺旋形的灵魂。这些双螺旋，这些可爱的基因，从今以后，将会以少见的冷艳俊俏的姿态开在消费社会里，开在我们瞎折腾之后平静的心中。

画画的大猫

　　诗人谈自己的诗歌和别人的诗歌，如果他一味强调诗歌观念和诗学理论，就会让人感觉他诗歌创作上可能有些茫然。不过，如果一个美女艺术家谈当代艺术，谈文化观念，就会很有美学效果。因此，我曾经盼望过大猫在聊天中能谈谈她的创作和她对当代文化的些许思考，那样，看起来她就会显得很稀缺。

　　遗憾的是她没有谈过，但没谈，不等于没有思考，这在后来与她的交往中得到了证实。

　　大猫刚坐下来时，会有一种虚无缥缈的色彩，但当你想确认这种感觉时，她又会让你发现她浑身上下那种满有把握的劲儿。之后，她点上烟，开始和人聊天，性情随和、方式独特的性格就慢慢渗透出来了。因此，每次和她见面，都能感觉到她刚从神秘的时间里走出来，并且颇有某些神奇收获的气息。这气息既虚幻又真实，既有劳动感又有幸福样儿——她虚幻的那一部分像从小巷里路过的云，真实的那一部分像打算存进银行的钱。

　　大猫在电脑上给我看她作品时，基本上就是简单交代几句，而且，她介绍自己作品时，说话方式是语气飘忽、语焉不详。不过，从作品中可看出，她很重视当代艺术的一些语言，也比较注重观念，她早几年的作品，其画面本身，在笔墨色彩方面似乎并不打算细腻，好像她并没有刻意在画面语感和绘画语言上深究，让人能感觉时间和她那种年龄的痕迹，大概那会儿她坚信观念可以取胜。后来看了她近几年的一些作品，才看出她不谈自己作品及观念的部分原因是因为她自信。根据我的目测，大猫这样的人一旦自信，多半就会神差鬼使地蹚过不少文化浑水。在中国，当代艺术是一个大郊区，观念与作品浑水摸鱼、艺术从业人员之混杂，创作路子之纷繁，足以让批评家们配合城管一起出动都难以整治清楚。所以我想，大猫如果能从这个郊区走出来，那她不用站在银行门口，只需站在流行观念外边，也会显得很有价值。

我相信，每一个诗人或者艺术家，都会希望获得自己的风格，但他们的创作路径却不一定是自愿去选择的。他们都希望自己能找到自己的创作语言，但创作语言又不可能去某个地方排号领取。他们必须经历一种被迫的选择，这就是环境和性格。不管你愿不愿意，文化环境和自身个性会无形中是你得到某种生活状态和文化方式，环境，可能是随机挑选；性格，是自助式获得。

我有时想，这个时代环境很糟，但再糟糕的时代也有好的一面，因为杂乱的画面里仍然可能有养眼的颜色。星移斗转、时光来去，有很多优秀的人物东走西颠，其中几个不经意间走进了我们的视野，有的还坐下来，一起喝酒，之后成了朋友。这个时代，就这点情景还让人舒服。

有一年，大猫来了，不知是谁领来的，带她来的人是谁，我可能当场就忘了，但有些情景没忘：第一时间我就知道大猫是画画的。她从青岛来，给人的感觉是，她已经有了一些成都美女的气息。一聊天，果然，四川当代艺术那些路径和人影儿闪来晃去。我直觉，她命中的一些根须有一部分已经伸了出来，在当代艺术里找到了土壤，要发芽和开大朵的花。

当时在成都宽巷子香积厨——我家酒馆的院子里，我们一伙人在喝酒，虽说记不住年月和天气，但肯定是春天，我们不知她是哪个时代派来的，但人人都喜欢她，她抽烟喝酒，仿佛和任何场景都能活成一片，却又有时间上的独立感。

和第一次见面一样，以后每次见着大猫总感觉她一直没变，几年过去了，随时看到她，感觉都还是上次那一个。她身上有很多隐性物质，她带着这些隐性物质走在路上，没有声音，她生活在幸福里，幸福面会扩大。她独当一面，看似挡不住，却又挡住了。她有妖精气质，仿佛走在自己画的符中，而且要在符中解决自己的问题，她的来和去都很安静，不带什么动静，像很有自己逻辑的小动物和抽掉了逻辑的画中人。

　　而且，她即使走在孤独之中，也有一种要重新创造孤独的气息。她长相很狐狸，名字又叫大猫，和她的气息非常匹配，有时难免就会让人想象，不知是谁派她到人间来的，既然到了人间，她要取用哪一部分人间岁月，我们不得而知。但你还会进一步想象，她已经和世界看不见的某一部分签了约，也许，很多世纪之后，不知何年何月，总之大猫还会出现，来和她的留在世上的那一部分世界续约。

　　她仿佛生在不远不近的时间里，活在不远不近的地点上。我相信，在我的朋友中，这些几乎没什么异议，因为她天生有着自己神秘的位置、有着秘密的独特意义，这样的人从事艺术创作，确实让人期待。

她已打扮整齐，来到了诗中

20世纪的中国有两次青春，一次是20年代，一次是80年代，这两次青春都是以国家政治基本面发生重大变化为背景。

能在一个大国的青春期做一个青少年，并肆无忌惮地折腾自己的梦想，这叫和历史一起美丽，站远了看，比春天还明媚。

我一直认为，80年代的诗歌，是中国文学史上最重要的一部分，它将和诗经、汉赋、唐诗、宋词、元曲、明代小说一样，为未来的文学史留下无数崭新的瑰丽的篇章。

然而，文学，尤其是诗歌，在阅读和审美的问题上，始终具有滞后的特点。比如唐初的知识分子，他们欣赏的还是魏晋南北朝的诗人，而对正在涌动的新鲜的唐诗，当时的大多数人是视而不见的。到了盛唐，进士们、官员们才明白唐初四杰的意义，然而此时他们大多数人却又不知同时代的李白是谁、杜甫何许人也，李、杜等人的被欣赏，仍然只存在于当时最前卫的小圈子里。这问题放在现在也一样，大多数知识分子对中国现代诗的了解，往往只到了徐志摩、戴望舒、穆旦等人那里，许多教授、编辑甚至正在不懈写作的诗人作家们常常只能弄明白朦胧诗，对于80年代的诗歌几乎是两眼一摸黑。

黑沨属于80年代，她至今只被80年代出现的部分写作圈子所了解和阅读，这也实属正常。和历史一起美丽，比春天还美，和历史一起隐藏，会和秋天一样深邃吗？现在还有多少人知道黑沨呢，可能只有80年代参与过新诗运动的部分诗人；现在还有谁阅读黑沨的诗歌呢，可能也只有80年代认识黑沨的部分朋友。无可奈何地，黑沨显得很小众化。

然而，这正是某类诗歌美丽的秘密之一，它们在时间中慢慢收拢自己，在收拢自己的过程中隐藏住了自己的过早开放。因为这不是季节中当红一季的鲜花，这是用人类文字滋养的语言的花朵，它们在某些时段里要关闭自己的花瓣，在某些季节里要约束自己的成长，在某段时间中要收敛自己的魔力。

　　黑渢80年代的诗歌，和那个时期的地下诗歌一样，很生活化，语言也是来自生活中的极其自然的口语，这些当时先锋诗歌的特点，如果一直保持至今，那她不过是一位曾经喧闹过的先锋诗人，她的诗歌随潮流而来随潮流而去，终将渺无声息。

　　2000年后，我们很惊奇地看到，黑渢诗歌口语依然、生活化依然，但读起来和以前的味道已相去甚远，诗歌里明明还是以前的黑渢，但多了沉稳的修为，多了辽远的格局。可以说，前期的黑渢是一个尘世生活的书写者和品味者，现在的黑渢却是一个尘世生活的远望者和鉴赏家。如今的黑渢站得高看得远，颇有隐者的气质。

　　　多年来我不染一尘，与茫茫尘世对峙
　　　不合作，不吐露半字

　　黑渢在她最近的诗里透露了她风格变化的一点原因：她放弃过与生活、与社会的对话，停下笔，和社会用其他方式（对峙）纠缠过，至少她放弃过对世界的主动话语。我认为，她从放弃中真正地颇有所得。

　　那么，这肯定不是一种简单的话语的放弃，不是一种简单的暂停写作。一个诗人要干干净净离开诗歌不是那么容易的，一个诗人要离开诗歌，如同大地想要离开地平线、人想要离开梦。人类可以在一段时间没有梦想，但梦想迟早会来敲遍每一个人的家门，并且喊答应其中的一些人。所以，我认为，黑汹关在门里，只是一种隐藏，只是一种收敛。她曾经装成是一个待在深山里的女农民，诗歌来喊她的时候，她却已打扮整齐，来到了诗中。

客栈诗人

这几天，读寒玉的诗歌，读出了一种感觉：寒玉一直在写两首诗，一首是她的乡间客栈，一首是她的乡下诗歌。

这个乡间客栈据说最早就叫西递诗社。

事实和感觉之间的关联算不上是因与果的关系，但是当我想起西递乡下那春日井边的桃花和冬天枝头的柿子，这种感觉就靠近了水果，让人想起了水与果的关系。

这个客栈，其实是寒玉和另一位诗人郑小光多年前在西递附近买下的一幢明代建筑，当时她和郑小光常与朋友们在此喝酒小聚。后来，一些诗人、画家开始去玩，再后来，导演、资本家以及欧美名演员也有人去玩。总之，世界上有些显得无聊的人去黄山、宏村、西递或婺源都可能去这里坐坐，于是此处就顺水推舟变成了一个特色旅店，名字叫猪栏酒吧，这名字听起来很搞。

菜很好吃、气氛很恬静、风景很乡下，朋友们感觉吃喝睡都有猪一样的幸福感。猪栏酒吧现在共有三处，简称一吧、二吧、三吧，等于说，这首猪栏的实物诗是同题诗，也即，这几座建在溪边野花中的古宅院，是以空气、阳光、绿草、野花为前堂后院的客栈，又是以乡下菜、村中酒、无论魏晋、乌托邦等为语法的一首组诗。

寒玉的诗，像她的乡村客栈一样清新独立，我想，这是因为其写作背景和生活背景非常独特，她写的是全球化背景下一个中国诗人独立的乡村生活。东方的传统世界与资本主义后工业社会在最近几十年突然结合，呈现在寒玉这样生活状态的诗人前，于是出现了从根须到枝叶的反

映 —— 寒玉反映得很安静，她身后传统建筑和东方风景，都挥之不去，成了背景。

月满之夜

注定今晚会丧失一切

月光会照得

像鱼刺　成片的鱼刺

那些刀　会割破所有的伤心

灯光在远处

捏小的拳头　捏紧的拳头

下了盐的村子

这是冬天

一个月满之夜

死去的蜥蜴在梁上翻身

它的姿势涂满了墙壁

还剩下什么

屏风上的蝴蝶在飞

下了盐的村子在腐烂

寒玉在写这首诗的时候，不知是否联想到了两千多年前地中海那场最著名的事件？有意无意，我把这首诗和那个事件产生了观念上的联想：公元前146年，与罗马长期较劲的迦太基人终于战败，罗马议员们决定把迦太基城夷为平地。于是罗马军队血洗迦太基，挨房搜索，清理出所有居民，派工兵用斧头钩子等，把这个战败国的所有活人和死尸都铲到沟里，整体处理，然后，军队花了十七天纵火烧掉了迦太基。史载，迦太基城被焚之后灰烬有一米深。再然后，罗马军队从海边运来大量的盐，将盐撒遍迦太基的每一处，让迦太基永无重生之日。

我相信，罗马人要彻底灭掉迦太基，不是因为迦太基的前任领袖汉尼拔曾带给他们无数烦恼，而是哈姆雷特"生存或是毁灭"理念的基因或祖先——欧洲文化密码让公平公正的罗马议员们做出的如此决定，这个，后来十字军干过，希特勒干过，后来，西方的左派和右派都干过，就不说了。

寒玉这首诗里面的一些词，诸如"刀"、"割破"、"拳头"、"盐"、"腐烂"等都让我想起了迦太基的历史场景。寒玉写这首诗，是否偶尔闪现了罗马和迦太基，不得而知，这和我们正常阅读寒玉的这首诗也关系不大。但我的阅读就这么的，我读出了寒玉诗歌中，中国传统文化在西方后工业资本全球化面前的被覆盖感。好了，不说这，但这是当下——中国或者东方一些人深思却不能解开的问题，也是西方一些人正想解开而事实上永远难以解开的问题。

其实，上述，我只是拿寒玉一首诗做了特例。但寒玉的其他诗怎么样呢？我的回答非常清晰：后帝国主义话语进入了东方传统文化的最后地盘——中国的乡村生活和东方的自然社会。因此，她的语言是西方的、天国下徘徊的方式，她的内涵是东方的、人间里自然栖居的方式。

寒玉，很多人不知道，也有很多人知道。这对于寒玉来说，基本不是话题。很多年前，她从上海来到黄山，来到西递，修园子，养风景，做美食，开客栈，然后在初春桃花开放的井边，在隆冬柿子挂满树枝的窗前坐下来写诗。她带着大城市小资趣味来寻找这种传统的村头溪边的恬静生活，本身就是来寻找罗马和迦太基之后的某种文化因果。也许她基本上是不自觉的，但正是这样，她的选择是形而下的。

读寒玉的诗，感觉诗歌其实就是人生。

和寒玉喝酒，感觉诗歌不是全部人生。

在寒玉客栈里和来自各地的朋友们待着，聊天、斗地主、看书，在一吧、二吧、三吧之间散步，骑自行车，听刚采桑归来的村民们唱戏，感觉从古到今，所有人的人生里有一部分原来是属于诗歌的。

2013.6.19

边缘诗人

最早读到赵野的诗，是1985年，记不清是胡冬还是万夏寄来的，赵野的手写稿，诗不多，好像也就四五首，标题是《河的抒情》。这几首诗句子都较短，风格冷峻、节制，给人满面的清新，这种独特的风格和他当时在四川校园诗歌社团中的名气得以完美的吻合。从此，赵野在我的阅读视野中成了同代诗人中我必须关注的几个人物之一。

那时，我和二毛、蔡利华正在热火朝天地创作莽汉诗歌，每个月都能收到各地不少校园诗人和地下诗人们寄来的各种样式的实验作品，但当时被我们评为一流的、能代表我们心目中"革命性"最高水准的作品，也就胡冬的《我想乘一艘慢船去巴黎》、《女人》，万夏的《打击乐》中的部分诗歌，马松的《咖啡馆》、《我们，流浪汉》，杨黎的《怪客》、《十三个时刻和一声轻轻尖叫》，于坚的《罗家生》、《尚义街6号》以及赵野的《河的抒情》组诗。

由于赵野"河"的意象过早进入我的记忆，所以我在后来读到他更多作品的时候，甚至整本地读完他的诗集《逝者如斯》后，我感觉他诗歌中最打动我阅读神经的还是诗中的那条神秘的河——它宁静、遥远，赵野没有说出它的名字，也没说出它从哪儿来、流向了何方，它只是在赵野的诗中流动，永远没有停息。所以，我认为赵野的诗集名字《逝者如斯》是对他诗歌创作中最动人的那一部分的关照，它几乎超越了标题，真正地变成了对赵野的抒情性一声长久的感叹。

赵野是朦胧诗之后中国当代诗歌运动最初的策划人之一，是"第三代人诗歌"最早的发起人之一。他曾在《1982年10月，第三代人》这首诗里，描绘了参与诗歌革命和从事先锋诗歌运动的冲劲儿和兴头：

> 这就是他们
>
> 这就是他们，胡冬、万夏
>
> 胡冬、万夏或赵野们
>
> 铁路和长途汽车的革命者
>
> 诗歌阴谋家……

然而，赵野从一开始就忘乎所以地把自己的想象力深入到中国最传统的地盘里去了，深入到了东方文化最美和最远的地方。赵野是一个早慧的诗人，20岁以前就写出了很成熟的作品，这导致他在相当程度上难以作多维度的审美探寻和创作尝试，哪怕他在后来的阅读和人生经验里明白了更多维的文化、更高深的境界，也改变不了他诗歌里面骄傲的抒情核心，仿佛他很早就获得了诗歌的灵魂，他无需四处去寻找。

我们知道，一个笨蛋诗人常常是读到什么写什么、看见什么写什么、发现什么写什么、领悟什么写什么，每次都觉得自己了不起，每次都觉得自己是大诗人，很快又觉得自己不行，在自我怀疑和自我牛逼中不断发展成一个平庸诗人。赵野不是这样，在诗歌创作中，他一直很独立，他很早就自主了。

在东方传统中，赵野看见并获得了意境上游的馈赠，虽然他住在怀旧的现代汉语里，但却拥有非常当代的诗歌态度，我认为这是一种相当难以做到的人生与创作的协调。

就现在所谓的诗歌现场来看，赵野的位置有些边缘化，他几乎不处在所有热闹的帮派里。我认为这正是赵野自己的选择，在赵野看来，短暂的热闹根本不是现场，生活才是弥足珍贵的现场。因为一个抒情诗人要真正拥有他那一块抒情的王国，他必须先要下到语言的基层去晃悠，一个诗人在生活里赤足行走，和那些天天在诗歌里上班的诗人比起来确实显得很另类。但我也明白，边缘化对赵野来说也不是一种炫耀，而是针对热闹现场的一种有效的自主的冷却。

一直以来，有些人一个劲地要先锋，赵野一个劲地不要先锋。赵野很早先锋，如今不先锋已很多年了。他远离先锋、远离所谓的主流很彻底，这是因为，他在当代诗人中，是少见的那种独立的诗人。

黄珂和他的流水席

在北京望京小区的夜空中，在望京新城的"城"字下面，住着我的朋友黄珂，在黄珂家里长长的餐桌边，坐着黄珂和我的酒友。

黄昏降临，常常有朋友要么在黄珂家里，要么在去黄珂家的路上——这说的是住得较远的人，我和黄珂住得很近，所以这句话换了我应该是：我要么在家戒酒，要么已经坐在了黄珂家的酒桌边。

以前我住亚运村，不断有从四面八方晃悠而来的各路酒仙，我们在村里面转来转去乱喝，感觉亚运村就是一个巨大的旋转的酒杯。从小营路到凯迪克一带大街小巷凡新开张的酒家会立刻被我们掰开喝旧了，高速发展的社会没有让我们闭上贪杯的嘴，餐饮业的东风吹送着酒醉的人民朝下一家酒馆而去。

然而，人民也有觉醒的时候，觉醒了就想戒酒，我成了一个每天都打算戒酒的人，只是，在亚运村，这念头坚持到黄昏，事实就会来证明戒酒是不行的。原因是，我住一个小区最靠里一栋楼的24层，陈琛住我隔壁，楼下住着郭力家，小区门口是张小波、宋强们公司把着，对面大楼上是野夫公司。野夫常在楼上眺望从我们小区往外走的零散人员，如果你不是去喝酒，他可以很及时地打电话纠正你的出行方向，让你掉过头往北面湘菜馆去，那里已经有东北来的哥们在路上，而且湖南来的急性子哥们已经坐下了。

事情很简单，我这院里院外住着一拨和酒死磕的哥们，就算你一个人觉醒，也不意味着你能解放。革命理论曾经讲过，一个人并不能单独解放他自己，只有全世界醉酒的奴隶团结起来才能最终解放自己。

我们都曾零零星星戒过酒，我们也曾团结起来斗争，这又如同攻城与守城，酒瘾在外架云梯，城里一旦有一个人开门献城就会满城白旗。戒酒者很容易被酒镇压，而造反的奴隶一旦被镇压，其结果就是奴隶中的奴隶，其具体的悲惨结局是戒出了如下新局面：晚饭白酒、晚上夜总会啤酒，深夜大排档白酒，从反抗每天一醉，反成了每天三醉，从斯巴达克反成了商纣王的殉葬奴。

终于有一天，我想出了一个狠招，一个以毒攻毒的杀着：我天天直奔望京那个"城"字下面而去。

我是这么想的，黄珂家是流水席，一台酒直喝下去酒量见底儿快，免得整个晚上经历醉了醒、醒了醉。干脆点儿，直接一醉到底。但是几天下来，我却发现了很多意外的好处：大多数时候，酒喝得恰到好处，醉得少了，我碰到了我这种人最好的戒酒所；不想喝酒时，你可以真戒酒，黄珂决不会到你家楼道里堵你，不会上你家逮你，不会在小区大门对面的大楼里瞭望你。就这样，流水席一路喝下去，没有醒了再喝的过程，没有新的刺激，喝起来平稳、健康。简单说，以前喝酒像嫖妓院，现在喝酒像过日子，事实胜于雄辩哩，从一而终有利于身心健康。

黄珂不会来逮你去喝酒，但他会在他的酒桌边真诚地等你。好些年了，在我的醉眼蒙眬中，熟人、生客，红男绿女，来来去去，恍若一幕天然的人生戏剧，这里没有导演、没有编剧，只裁取了喝酒的场面，演员都是生活中的真人，活生生的、源源不断的人生流水席。这常常使我想起伟大的波斯人奥马尔·哈亚姆（一译加亚·峨默），他是天文学家和数学家，可能是由于其职业的原因，他从天上看问题，又在地上计算，把他的人生观写成了一本叫做《柔巴依集》（又译成《鲁拜集》）的诗集，该诗集里101首四行诗写的全是人生如一场流水席，比如写大地上的人们：

来时像流水，去时像风吹

进进出出，前后迂回

生命的走马灯里

是我们这些影像在来来去去

他写他自己这个"酒客"：

我曾经靠绳墨判断是非正误

我曾经按逻辑区分兴衰沉浮

但在人们所愿意探索的一切中

除了酒我从未深究过任何事物

他说他一生中："一路上解决过多少巧结难题／但没解出人生命运这大哑谜。"

金庸小说《倚天屠龙记》中张无忌去灵蛇岛找金毛狮王谢逊，没想到碰上了武功怪异的波斯明教总坛来的风云月三使者。这三使所用的圣火令武功匪夷所思，和小昭唱的一首波斯歌曲的歌词似乎有关，金庸大师通过金毛狮王谢逊的一段话作了解释——

谢逊道："明教传自波斯，这首波斯曲子跟明教有些渊源，却不是明教的歌儿。这曲子是两百多年前波斯一位著名的诗人峨默做的，据说波斯人个个会唱。……其时波斯大哲野芒设帐（明教）授徒，门下有三个杰出的弟子：峨默长于文学，尼若牟擅于政事，霍山武功精强。三人意气相投，相互誓约，他年祸福与共，富贵不忘。"这个峨默，就是奥马尔。奥马尔的两个师兄弟热衷于政治和武力，而奥马尔自己却沉稳恬淡，通过星相和数学研究人类，终生通过酒和世界交流，从而叩问生死这一生命流水席的秘密，这份清爽与平静，和黄珂真是相似相近。

　　每次我从外地返回北京，从机场出来，多数时候背着包就直奔"城"字方向，有时在戒不戒酒的问题上犹豫，回家放好行李，最后还是晃着膀子往黄珂家去了。因为我知道他家或者坐的是二毛、张枣，或者坐的是万夏、赵野、张小波，或者是野夫、牟森等。多数时候还有不认识的，但在黄珂家里，我坐下去就和他们成了朋友，因为我已经喝成了主人，总之，这里不缺酒友，在这个酒桌上，我既喝了酒又戒了酒，境界越来越高。

痞子诗人

记得很多欧美老电影里，流氓痞子都是很生动的人，和李海洲认识时，他就老让我想起那些电影里的二流子。

那会儿，我常来往于成都和重庆之间，与两地诗人万夏、刘太亨、杨黎、马松、宋炜、柏桦等打得火热，经常聊诗喝酒。这帮人在当时年龄不大却相当自信，感觉是都掌握了诗歌的真理和人生的真谛，大都是光头、大胡子和披肩发的打头。但在重庆我们喝酒的路边摊、苍蝇馆等酒席上，却常有两个蓄学生式平头的伙计出现，其中一个是魏东，当时是四川美院的在校生；另一个就是李海洲，还是个中学生。而我早已大学毕业，还教了几年高中，凭着做过教师的经验，在酒桌上还唠叨过李海洲：人家魏东已经上大学了，你李海洲随时随地一脸坏笑、痞里痞气，看来读完高中只有去部队锻炼锻炼、修理修理。

果然，过些日子，我在成都碰到了李海洲，他在成都近郊某部队服役，穿着军服出来找我们喝酒来了，这确实让人快活得很。说实话，之前我没读过李海洲的诗，也没兴趣读，心想，一个中学生不外乎满纸学生腔罢了，但这次见面感觉不一样了，做了军人还来和人喝酒聊诗歌，看来这其中有着某些命运和缘分。之后，我们来往日益增多，成了兄弟。

尽管成了兄弟，我还是没读李海洲的诗，诗歌阅读有一个现象，那就是后一拨可能饱读前一拨成名诗人的作品，而前一拨大哥们很少愿意回过头去读小兄弟们的东西，加上那会儿我正专心做生意，一心扑在折扣上，基本不读诗了。直到后来又开始写诗，才扫描了一些当代诗歌，感觉是，八十年代的诗人真正地创造了历史性的辉煌，但仅此而已，能捧在手中读着过瘾的还真凤毛麟角，还是看看70后和80后的吧。在上海，我读到了80后诗人梅花落的诗，非常吃惊，境界和语言能力强悍，因她是重庆籍，马上使我联想起了李海洲，才找来读读，也即，我是在最近几年才读李海洲诗歌的。真的不好意思，我们兄弟多年，饮酒聊天，结果全是天马行空。

李海洲也一样，有一年的有一天，他打电话告诉我，说读了我的《红色岁月》感觉不错。我说，我本来打算写100首，因为要做生意赚钱停下，只写了18首，他认真地告诉我应该写完，说这诗写完后肯定很牛逼，放下电话一想，这也证明他以前读我的作品也不多，《红色岁月》是我1992年写的，一直是我很自以为是的作品，十多年后他才读，这不是没把哥当人物么？但转念一想：哈，大哥莫说二哥，都一样，平时瞎玩，光做兄弟去了，互相还没来得及把对方当诗人看。这也其实是我们普通生活中的一个真理，兄弟情谊要高于业务合作，何况诗歌不是我们的业务，诗歌平时只是我们的玩具。

我一直不愿意将诗歌绝对神圣化，虽然诗歌确实是非常神圣的东西，但我更愿意从人而不是神、从普通生活角度而不是宗教境界去体会和讲述诗歌。我更愿意说，诗歌写作是一种娱乐，往低了说，喝酒、旅游等很快活，但要花钱，写诗是一种免费的快活；往高了说，诗歌是一种精神修炼和生命探索，但起点是对语言和生命的热爱。年轻时可能是对诗意生活的向往，那是一种向往浪漫、热闹的小娱乐，但如果有人在其间经历了长时间的孤独劳动，就这个诗人个体而言，他没准能得到一种大娱乐。关注李海洲的诗歌之后，明白了他的创作历程和风格演变，很是感慨，他是一个比我勤奋的诗人，他的娱乐精神更是让人喜欢。

这个秋天，高粱酿酒

粮食如花似玉

鸟群把每条路都重新飞一遍。

修身养性的星球

最终和爱情一样长发齐眉。

这个秋天，谁的灵魂都是可以解救的。

  李海洲热爱秋天，秋天是收获的季节，收获之后什么都有了，接下去就是放开手脚玩耍了，记忆中的顽童形象在阅读李海洲时渐渐又浮现出来。良知、修身养性、灵魂等是他很敬重的词，粮食不是食物，是李海洲的黑话，指"妞"或"妞们"，李海洲看似一个很矛盾的人物，他的性格一方面很能在社会上折腾，另一方面对精神修养又有着深度向往，一个瘩劲儿铿锵的人，又要穿戴整齐、斯斯文文，我把这称之为性格上的文武双全，这在现实生活中属于矛盾人格，但在李海洲身上却相当统一。

河山从绝句开始

从亮镰中收割出黎明。

我从你开始。弯腰摸出幸福的氧气

我想用弹弓打下飞机

打下重庆城。

这是暴动的秋天

激情，从为所欲为开始。

这是繁殖的秋天

妇女乳房丰硕，祖先入土为安。

同样，上述诗句也暗含顽童和痞子劲儿，这是李海洲的语言方式——既是他人格中的心里语言，又是他生活中的行为写照，不管他写多么严肃的主题，这些玩意都会悄悄流淌出来。当代中国诗人，我见过不少，满口屁卵，文字却娇柔，很多文雅帅气，满纸粗话的也不少。但是，李海洲的综合度最高、和谐性最强。李海洲浑身秉承了中国古老的江湖精神，江湖精神落到具体的空间——他生活的重庆，就是码头文化和袍哥气质；李海洲内心还遗传了中国古老的诗词境界，唐诗宋词境界落到具体的时间——现在，就需要所谓的当代性，李海洲在现实生活中，过着袍哥的日子，写着先锋的诗歌，他的这个特性，总让人想起中国古代的一些神奇人物，想起东方文化某种神秘的遗传。

为什么青春和命运，总停留在杯盏之间……

用墨香和人民相会
袍哥把中国最后的乡村知识分子分崩离析

以及

午休后，净手，推窗，用清水洗涤社会。
坐在隔山面湖的炉台
摊开书卷，诵经给天地听

或者

就要带着那么多的善，自成一统

等等诗句，仿佛是袍哥装文雅，袍哥这类人物，曾经被很多文艺作品妖魔化。但在以前的巴蜀地区，袍哥中的老大们很多可都是有能力有修养的人物，他们不只是在杯盏和社会间穿梭，不少人物还会在关心社会、辨识善恶之余吟诗作赋、完善自身。

李海洲身兼两家杂志社的总编，管理着上百号员工，平时也不过朝九晚五、下班之后才得以呼朋唤友而已，刻苦工作、业余写作是他的日常生活，对待业务用心敬业，对待朋友诚挚认真，但他满口鬼话怪话也是远近有名的。

有一天诗人宋炜去到他单位，才到门口就开始大声日啊操屌啊逼的，据李海洲回忆，宋炜进到办公间之后更是猖狂无比，满口全是配上了动词的人体器官之类，偶尔还夹杂动物器官，李海洲当时觉得他碰到了对手，而且是强中更有强中手，员工们在场啊，心里顿时蹦出了八个字：惨不忍睹，痛不欲生。于是他赶紧把宋炜请出了公司哄到了楼下，平时满嘴脏话的李海洲碰到了硬角色服软了，这也是袍哥文化，这叫好汉不吃眼前亏，也叫见风使舵等。当然，避免男员工受污染、拒绝女员工受侮辱，是他的职责所在，还有，袍哥也是有社会责任感的啊。后来，李海洲和宋炜成了哥们，两张恶嘴走到一起，也可算是惺惺相惜。

众花开遍，读不懂牺牲
众人合诵，唱不出天才的痛

这样的诗句明确地反映了李海洲的自信，同时暗中也巧妙地描述了自己的性情，江湖儿女，豪爽大义，隐身文字，怀才自持。当然，李海洲的语言也相当精彩：

老子写诗，儿女画画

地球的纸上，风在深山像萨满在尖叫。

以及

给秋天写传的人，怀里住着一个宋朝。

住着柳永、姜夔、陶潜

住着杜草堂和李太白。

他们已经从古代回来

从平仄、音律，从对酒当歌中回来。

汉字神清气爽，语法变得业余

他们会告诉你：

没有赞美过秋天的诗人不是好诗人。

或者

所有的情人已经成熟

所有的田野、乔木、李白

全都水到渠成。

秋天。秋天的腰间挂着劳动的逻辑

　　李海洲的诗歌具有很强的抒情性。抒情性在当代诗歌这一块一直存
在某种争议，很多激进型先锋诗人认为这是老一套，是传统手法。是的，
抒情、比喻等手法确实是老手法，老到什么程度？老到从人类发明诗歌

以来就有了这些手法，也因此，否定抒情、比喻等手法的诗人写出的东西看上去很是捉襟见肘，常常回避不了这些传统，有的只得为自己找到了一个不阴不阳的台阶下，把自己回避不了的抒情叫做冷抒情，很是无赖。其实，我认为这些伙计忽略了一个最基本的真相，那就是：抒情、比喻等是世上所有诗歌的原初密码，是诗歌的原始基因，这是谁都改变不了的。李海洲的抒情气息很强，手段活泼适当，也就是所谓冷抒情效果相当明显，同样，他的比喻也是那么的生动和机智，可谓妙手。他也常把这些手段用在嘴上，一个喜欢说话带脏字的话痨配上了这类诗歌语言，在日常生活和业务交往中张嘴就乱说，效果很是特别。我相信，凭此功夫，李海洲肯定是尝到过不少业务甜头，赚到过不少粮食。

我亲眼见到过李海洲在各种酒局茶席上的单口相声，虽然常常满口跑马，但女孩们动情、大叔们开怀真的是常事。

我开头说了欧美老电影中，流氓痞子都很生动，其实，那些欧美老电影中，流氓痞子真的是越老越显得帅，越老越让观众喜欢。李海洲看上去谈不上越来越帅，他昔日的少年劲儿一直存在、挥之不去，差不多是有早慧晚成的趋势，但最近感觉他柔和多了，或者他想要柔和，但柔和不下来，仿佛他不知道该不该伸手去要那远方的柔和之美。

马达轰鸣，内心荡漾

杨孜写诗，不写则已，一写就浩荡无际，在我所认识的诗人中，他大概算是写作最晚的一个，但同时又是最生猛的一个了。

这两年，我和杨孜经常一起玩耍饮酒，他强劲昂扬的写作状态，使我不由得多次重温了八十年代我们那帮所谓"第三代人"刚开始写作时，那种压也压不住的文青味儿和灭也灭不了的狂躁劲儿。那年月，长辈、领导们对诗人敬而远之，金钱美女也躲着诗人乱跑，少年啊，百草枯①都杀不了的生命狂花。少年写诗，也正好是年龄在身体内部轰地点燃了荷尔蒙②的情形，那一颗颗发情的心就如同根本不需要磨合的发动机。如今，回头望去，有很多那会儿的诗友已不在视野中，仿佛有些人在生活的某个时候拐了方向，驶入了别的地界；有的荷尔蒙烧尽，熄火于中途；也有的还在轻车熟路般在大地或海洋上跑着，但看得出早已是惯性写作，没有了荷尔蒙，基本是在无动力滑行，而且是无人驾驶。

杨孜开始诗歌写作，一上来就有使不完的活力，他满载着荷尔蒙，并且，让人感觉他身后还挂着一艘驳船——里面当然还是荷尔蒙——而且，仿佛他老家还有矿藏，他的背后还有无数荷尔蒙原油！恰逢微信罩住了各地孤男寡女的大好时光，杨孜划动诗歌的手指，在手机屏幕上大肆涂写男女之诗，我琢磨：以杨孜对异性身体的热爱和他自身荷尔蒙的储量，诗歌于杨孜，也算是为民除了一害吧？但有时我又怀疑：他是在

---

① 百草枯：一种剧毒的除草农药。
② 荷尔蒙：2012年我在上海田子坊做诗歌朗诵，学者、批评家朱大可来了，他说，他是来听我诗歌里还有没有荷尔蒙，他认为一个诗人如果荷尔蒙少了就可以不写诗了。

这个小宇宙里开始搜索我们的大宇宙，他天天抒写，不怕重复，像孩童一样不知疲倦，这样的写法，让人想起海浪在世界各地对海岸的拍击、想起太阳在每一天升起对人间的照耀，它们的方式一样啊：单纯、辽阔而又永久，于是这些——也因为这些，它们常常让我想起诗歌诞生的原初状态。

在很早很早以前，大地上出现了人类，在人类出现的时候，也出现了诗歌。那时，东方大地上还没有产生三皇五帝，西边大地上也还看不见法老和金字塔，地球上还没有官员和文字，只有打渔捕猎的雄健男人和采摘哺育的温柔女人。

男人们喜欢冒险热爱攻击，女人们钟爱亲人害怕黑夜，他们用情感彼此关心和思念，用话语表达关心和思念。有时，他们遇到了美妙愉快的情形想要抒发和告诉，有时他们遇到了刻骨铭心的事件想要记住和传播，于是，出现了一种形象生动、朗朗上口的话语方法，这就是诗歌，也即，在人类还没有文字前，就有了诗歌。"诗言志"其实说的就是这个意思，"志"的原始意义是记录、记载之意。上古，那些最早的诗人，就是用这种话语来记忆比他们更古老的祖先，传播族群中的重大事件和怀念不能释怀的个人情感。现在，就是今天，想起孔子曾说"不学诗，无以言"，我信了。

杨孜的诗歌就是这样，写的就是大地上男女的身体和欲望，其文字天真烂漫、不知羞耻，仿佛他走在《诗经》里那些古老的情诗后面，正大步流星地去偷情，他写男人的欲望、写妖精们的器官，纵情色相，忘乎生死，其景象似乎离世界末日很近，又好像是原初世界的开始。

杨孜是一个学坦克制造的工科男，他出现在我们视野里，正是昔日诗歌同辈们一片残花败柳、人丁模糊之际，他秉性天然，直笔和白描，语言里有佛性，气场里有欢乐，他的情感和色情，他的激情和热爱，帮他展开了大欲望、大悲悯的背景，传达了一个情海边的男人，脚下有去来，头顶有蓝天，眼中有生死，背后有佛陀的复杂信息。

我为杨孜的诗歌写这篇文字，老是想到远古的诗歌，我相信我一点都没跑题，因为杨孜的诗歌在我的阅读感受里，一直就有远古赤子的情怀线索，他的那些赤裸裸的对女人身体的关怀，是有古老诗意秘密传承的，他的诗歌内心延续了古代那些优秀抒情诗的生命活水——那些来自大地上人类千年的激情和万年的忧伤。

因此我想到：在很久很久以后——大地上的金字塔已经消失，长城也已经看不见踪影，地球上的人也渐渐对高楼和财富失去了兴趣，那时，距我们很远很远的那些后代，他们可能已经明白了人类那个著名的千古疑问：我们从哪儿来，我们要去哪儿——但他们——我们那些遥远的后代们，会思考另一个重要的问题：我们来过吗？也就是今天，我想起了拉美一位叫做路易斯–卡多索—阿拉贡①的诗人曾经说过，诗歌是人类存在的唯一实证。我觉得他说得好，这句话说明，人类文明最永恒的那一部分，仅仅是人类自己用记忆和情感建立的，于个人生命而言，也是如此，我深信不疑。

杨孜对自己内心的这种景象反复夯筑，每天最少一二首诗歌不停地去夯筑自己内心的大形象，千锤百炼，得到了单纯。他的诗歌态度是正直挺拔的，他的语言很随意，讲述方式很随便，抒情很轻巧，而且他的内心有一把尺子，始终看护、关照着那些看似轻佻、扯淡的语言，也关照着他的现实世界。

---

① 路易斯–卡多索—阿拉贡：20世纪拉丁美洲著名诗人。

此刻，我正在去香积厨路上，要去和杨孜等朋友喝酒，我在车上用手机修改着这篇文章，内心有男女之事，耳边有杨孜的诗，一边是马达轰鸣，一边是内心荡漾。

2015年立春

成都

俗人姚彬

这是一个粗野的诗人，他的诗歌语言狂妄，忽糙忽雅，充满县城气息，社会的各种半土不洋的部位，对他来说都值得一写，仿佛他睁眼所见的任何事情都很有意思 他闭眼所思的任何问题都很重要，根本不在乎什么概念和主题：

> 我文化不高，用有限的汉字表达唐宋的高潮
>
> 我举起双脚，我从脑袋里退出，我退出人

这就是姚彬的诗。

四年前，我和重庆的朋友魏东驾车途经姚彬所在的城市涪陵，找到姚彬，姚彬叫来一帮朋友，在他的长江鱼鲜馆里大醉了一场。涪陵是重庆远郊长江边上一个城市，姚彬仿佛也是文化中心远郊的一个诗人，长江的滔滔大水因为上游河道的狭窄，汹涌急切地向下流，流过涪陵和姚彬的身边。

姚彬在文化上所处的位置，如同涪陵在长江边所处的位置一般——是大山、乡村、县镇到文化中心的一个缓冲地，在中国大步流星全球化的背景下，这种缓冲地的情绪显得颇为急促，这在姚彬的诗里很常见，可以说是姚彬诗歌的一个主要气质，从这点看，姚彬诗歌有着很重的中国当下的社会习气，或者说有着这个时代思想和环境一片胡乱发展的现实气质，姚彬的诗歌里是真正繁杂的中国大众（而非精英）对其现实生活在精神层面的乱刀似的处理。一个精英式的中国诗人，他会在金融帝

国主义和后现代文化的阴影里写作，一个隐士式的中国诗人会在变形的东方概念下出没，而一个普通人，一个俗人，他的诗歌的核心就是他眼前的一切，是他无法也没有兴趣挑肥拣瘦的现实社会。

其实，姚彬是一个媒体人，受过较好的教育，但他对于时尚、优雅居然没多大反应，对任何街巷里的问题却充满兴趣，我疑问：这人怎么这样？

> 写这样的事不想活了
> 让想象无期限，让白天姓姚，晚上也姓姚
> 此时，有的树木往下挤，有的树木往下走
> 有的花草大声歌唱，有的花草点头哈腰
> 有深处的水向上流，让初夏迅速发育
> 有强壮的鸟向深处飞，让大梁山迅速缩小

如果不是我对中国白酒有着深刻理解，姚彬上面这样的诗歌怎么看都像是嗑了药写的。寻衅滋事，无理取闹，很大步，很坚持，很俗里俗气，有胡子有酒量，反映了一个发展中的社会的主要性格。精英和隐士是社会文化的两极，是反当下的，有时是伪反当下的，姚彬在中间，写他当下的问题，写他眼前的社会漂浮物，有时真，有时假。很狡猾。你说他俗吗？

事实上，姚彬从文化地理上找到了一个很适合他的位置，进可攻退可守。他自称俗人，是先退了一步，在我看来，这却是一个进攻的姿态。

在宽窄巷子想起旺忘望

这几天成都的天气好极，好得人人都心猿意马。

香积厨的院子里喝茶的客人渐渐多起来，而且像换了阶级似的，都穿得人模人样，让人感觉上个月那些稀稀拉拉的闲散人员，这几天全变成了花里胡哨的成功人物。没办法，春天厉害啊，中国小院的生活，一个潮流推翻另一个潮流，年年都交给了春风。

在一棵树下找桌子泡上茶，脑子里刚开始琢磨扬州那边有哪些好吃的菜，吉木狼格、尚仲敏几个哥们就过来了。吉木狼格马上要成为我的邻居，他和胡小波、石光华要在宽窄巷子开川菜馆。今后，还会有一个女邻居——翟永明，她的白夜酒吧也要迁到宽窄巷子来。

大家坐下之后按成都方式，先泡茶，然后就要玩斗地主了。我想起了旺忘望，赶紧先打了个电话给他，办完正事再开赌。

旺忘望是我哥们，知道旺忘望其人，最早是他做的所有崔健磁带、CD的包装，以及联合国在亚洲的一些宣传海报，后来因为他做畅销书《中国可以说不》的书封而认识，后来就常常见面、喝酒。

是啊，认识旺忘望时，他正在给张小波的畅销书《中国可以说不》设计书封。那是九十年代前期，云集在北京的书商大都知道旺忘望的设计费是最高的，不知道旺忘望的书商，基本上可划拉进没品位一拨，书商没品位，那是不上档次的。

那会儿我刚做书商，品位不高，有时从我那些自己都恶心不已的出版物里溜出去，穿着古怪，装成学富五车的样子，找另一些装成学饱中西、被文化撑坏了的哥们喝酒说脏话，常碰到长相俊秀、内在也儒雅的旺忘望，他也像我们几个当书商的诗人一样，自认是搞文化的老干部，又特烦谈文化，所以，好多年混下来，大家都不知道对方原来都真写了那么多年的诗歌。

不过，我一直知道旺忘望是我国平面设计行业的大师，我看过他很多的海报、书封、包装设计，我正是从他的艺术设计中，抓住了他诗歌创作的要害：他的平面设计都在大布局、深构思的坚硬前提下往你没去过的地方折腾，说穿了，是往思想的纵深处施工。他的很多作品，我感觉都是一个臆想的工程，我甚至想象得出，刚创作完时，扔下工具、在纸张上被解散的工程师和民工们不拿钱从旺忘望鼻子下走人的样子。

其实，旺忘望的诗歌既有画家在平面上的图谋动作，也有崔健那个时代的摇滚气味，政治、时代、信心、爱，既有凡俗的现实感，又有神的影踪。这些综合出来的构图出现在旺忘望的诗中，就是一只妙手从时间里掏出来的东西。

此刻，这家伙正坐在北京望京地区的广顺南大街一家新开的酒馆喝酒（离我北京的住处不远），他说他旁边坐着这家新酒馆的主人——三个贵州人（北京一著名文化酒馆）里的那个刀，于是我和刀说话，通话内容只有一个，那就是我快点去北京，上他酒馆喝酒。两个正开新酒馆的人，只谈喝酒，根本没谈餐馆经营之道。

旺忘望是我特邀的设计师，为我的酒馆设计标识，电话里，我们两人都倾向拿掉书法家写的"香积厨"三个繁体字，而改用简体字，免得一些客人喝醉了多次还不认识店名。只是简体字好看吗？得看旺忘望找的什么样的字体、字型了。

请书法家写店名，是中餐经营者的老办法，很传统。可不可以挑战一下呢？因为那些西餐馆、大酒店都不找书法家写店名，比如希尔顿酒店之类。电话打了很长时间，我不仅和旺忘望交流了设计想法，还将他的设计、他的诗歌在脑子里相当理性地过了一遍，累了。玩吧，别辜负宽窄巷子小院里的春光。

　　挂了电话，开始玩斗地主，吉木狼格、尚仲敏我们三个人玩，其他人围观。但玩牌和不玩牌的人眼神有时也都齐刷刷地看别处，偶尔还是集体眺望。这是春天啊，春天就是眺望的季节，什么是桃花眼？我看就是春天过敏症，男人们看女人都直勾勾的，那些女茶客，不久前好像都还在黄脸婆队伍里当兵，现在都粉面桃花了，感觉春风来院子里发了一下青春的小费。

在彩云下读诗

咱们先读一首李森的诗吧：

门 口

人去屋空。事物争吵着瓜分空寂。锈迹瓜分一个铁锤

门口的四只陶罐，无人认领，还未长出尾巴

一只在屋檐外接满了雨水，为逃跑准备好了眼睛

另一只在屋檐下，挺着弧形的肚子，假装早春的音箱

第三只饥渴，等待长出脚板，去井里舀水

第四只扬言，抱着门框浪迹天涯，去寻找烧制它的窑口

人去屋空。潮湿的钝，在瓜分一筐凿子

在云南一个寂静的乡间，一座人去楼空的屋门前，几件老牌劳动工具已经退休。然而时间一直在流淌，铁锤、陶罐和凿子这几个心有不甘的家伙正在往它们岁月的回头路远去，锈迹和钝则在后面追赶，有点怀旧吧。这写的不过是一小幅寂寞的村景，但写得又那么的硬，很强悍的白描啊。

听朋友评论过李森的诗歌，说他的诗每一句都很好，但密度太强，灭掉了诗歌的整体效果。这，我是不同意的，我反对诗歌唠叨，最怕读到一首诗写下去一直平庸，有的在中途折腾几下，好像要说什么，最终却什么也没说，让读者啥瘾都没过着，有的也是一直絮叨，到结尾才来那么一下小聪明。

读了李森的诗歌，使我想从一个局部对诗人定义一下：诗人者，文字的刀客也。好诗人天生和文字有仇，要表达，就来那么几下狠的，痛快了，爽了，就高级了。

李森的诗歌很节制、不浪费，非常紧凑地归拢天下地上的物事，这是因为李森诗歌的内容都很深沉。气象阔大、情景缜密，则不能多言，李森很老练啊，他怎会犯言多而冒失的毛病呢？

我相信上述评论李森诗歌的朋友是在非阅读氛围里读了李森的诗歌，因为他们的理由也是成立的，内容太密集，语义必然难以相互勾搭、语感必然相当难以相互亲热，效果就难以清晰呈现，诗歌整体就难以完美。从技术上来说，确实如此。

但我在阅读的时候——请相信，我第一次读李森诗歌也是感到诗句优秀，非常独特，同样有上述感觉，但是，第二次读到李森诗歌时，我被强烈地打动了——不，是感动了，因为我进入了李森抒情的气场，原来，李森的语言特质、诗歌技巧只是外在的，很美、很高超，但他真正让我神往的是抒情。有了长歌当哭般的抒情，就有了现在很稀缺的痛苦感和幸福感，痛苦和幸福两个活蹦乱跳的大美人站在诗中，什么样的绝句妙语不奔好诗而去呢？何况，李森底气足，在诗句景象上，敢松手、敢撒开，这叫才气大，经得起挥霍。

最近几年，我常去云南，和默默、赵野、周墙等。我们越去越上瘾，我们不是去做生意的，也不是去旅游的。我们不像业务经理，更不像旅行团。我们不急不慢，间或穿插一些来去匆匆的各地朋友，更显得我们游手好闲、虚度光阴，更显得我们像几个虚词，正在等着某种语言出现，我们好停下来变成其中的某句诗。

云南的大地是一种美丽的语言，云南的山水人文是任何诗人都写不出来的抒情诗。云南的每一个州、每一个县、每一个村落都是诗中有画、画中有诗。在云南，画是随手一指的风光，诗是随遇而安的生活，我们来来往往，看见这奇特的人间，我们感到在现实中，诗画交融。

在这里，在彩云的下面，住着诗人，诗人写的好诗，就是这生活中的彩云。

李森就在这种情况下出现在了我们面前。他从容不迫，在诗中随手打开抒情的风景，随意打开抒情的岁月，率真、生动、自然、深沉。被李森描写的事物都显得是朴素和伟大的，哲学和土地、文化和情感，都向蓝天和生命故乡的大背景靠拢，我们一帮人生游客也感觉到了，这彩云的下面，确实生活着痛苦和幸福两位美人，我们在李森的诗句里进出，也常常感觉到有大自在大浪漫的微风吹拂着我们的灵魂。

图书在版编目（CIP）数据

酒中的窗户：李亚伟集 1984～2015 / 李亚伟著.
-- 北京：作家出版社，2017.4
（标准诗丛）
ISBN 978 - 7 - 5063 - 8921 - 1

Ⅰ.①酒⋯ Ⅱ.①李⋯ Ⅲ.①诗集 - 中国 - 当代
Ⅳ.①I227

中国版本图书馆 CIP 数据核字（2016）第 091614 号

酒中的窗户——李亚伟集 1984～2015

作　　者：李亚伟
责任编辑：李宏伟
装帧设计：合和工作室
出版发行　作家出版社
社　　址：北京农展馆南里 10 号　　邮　　编：100125
电话传真：86 - 10 - 65930756（出版发行部）
　　　　　86 - 10 - 65004079（总编室）
　　　　　86 - 10 - 65015116（邮购部）
E - mail：zuojia@ zuojia. net. cn
http：//www. haozuojia. com（作家在线）
印　　刷：北京尚唐印刷包装有限公司
成品尺寸：130 ×210
字　　数：160 千
印　　张：9.25
版　　次：2017 年 4 月第 1 版
印　　次：2017 年 4 月第 1 次印刷
ISBN 978 - 7 - 5063 - 8921 - 1
定　　价：46.00 元

标准诗丛

第一辑

我述说你所见：于坚集 1982~2012

塔可夫斯基的树：王家新集 1990~2013

诺言：多多集 1972~2012

我和我：西川集 1985~2012

如此博学的饥饿：欧阳江河集 1983~2012

第二辑

周年之雪：杨炼集 1982~2014

你见过大海：韩东集 1982~2014

山水课：雷平阳集 1996~2014

潜水艇的悲伤：翟永明集 1983~2014

骑手和豆浆：臧棣集 1991~2014

第三辑

害　怕：王小妮集 1988~2015

重量：芒克集 1971~2010

一个人大摆宴席：汤养宗集 1984~2015

一沙一世界：伊沙集 1988~2015

酒中的窗户：李亚伟集 1984~2015